Max Lucado und Jenna Lucado Bishop
mit Natalie Gillespie

Mal richtig die Welt retten

HELP

MAX LUCADO &
JENNA LUCADO BISHOP

MAL RICHTIG DIE WELT RETTEN

SCM Hänssler

SCM

Stiftung Christliche Medien

SCM Hänssler im SCM-Verlag GmbH & Co. KG · 71088 Holzgerlingen
Internet: www.scm-haenssler.de; E-Mail: info@scm-haenssler.de

Originally published in English under the title: You Were Made to Make a Difference

Übersetzung: Bettina Hahne-Waldscheck
Gesamtgestaltung und Illustration: Kathrin Retter, Weil im Schönbuch;
einige Illustrationen wurden mit freundlicher Genehmigung
aus dem amerikanischen Original übernommen
Druck und Bindung: Drukarnia Dimograf Sp. z o.o.
Gedruckt in Polen
ISBN 978-3-7751-5383-6
Bestell-Nr. 395.383

Für die Kinder der Oak-Hills-Missionare.

Ihr verändert die Welt!

Inhalt

Danksagung

Ein Lob an Laura Minchew, Beverly Phillips, June Ford, Jennifer Stair, Dawn Woods, Patti Evans, Lori Lynch und an den Rest des Tommy-Nelson-Teams dafür, dass ihr das Buch vom Entwurf bis zur Realisierung begleitet habt.

Stehende Ovationen für die Autorin Natalie Gillespie, die wunderbare Arbeit geleistet hat, indem sie die Ideen und Geschichten aus *Du machst den Unterschied: Lebe ein Leben, das Spuren hinterlässt* in die Sprache von Teenagern übersetzt hat. Wir sind dafür sehr dankbar.

Einleitung

Du wurdest als Weltveränderer geschaffen.
Ja, du!

Gott hat jeden auf dieser Erde mit einer speziellen Bestimmung geschaffen – und die Welt wartet darauf, dass du deinen Beitrag leistest! Lass dich nicht davon abhalten, nur weil du noch jung bist.

MAX

Ob jung oder alt – jeder kann so leben, dass sein Leben Spuren hinterlässt. Ein nettes Wort sagen, jemandem Zeit schenken, etwas spenden, Geld für gemeinnützige Organisationen sammeln – der Art und Weise, wie man etwas positiv verändern kann, sind keine Grenzen gesetzt. Möge dir dieses Buch helfen zu entdecken, auf welch vielfältige Weise du deine Gaben, die Gott dir geschenkt hat, für etwas einsetzen kannst, das über dein Leben hinaus Bestand hat. Auf den folgenden Seiten liest du nicht nur etwas davon, welche unglaublichen Veränderungen die Christen im ersten Jahrhundert bewirkten, sondern auch, was junge Menschen wie du heute bewegen können.

MAX

JENNA

Ich hatte das Vorrecht, bei der Vision, die Gott meinem Vater für dieses Buch gab, einfach mit einsteigen zu dürfen. Und ich fühle mich geehrt, dass ich dabei sein darf. Zuallererst möchten wir dich wissen lassen, dass Gott dich liebt. Nur durch seine Liebe kannst du auch andere lieben, anderen dienen und sogar die Welt verändern. Möchtest du noch heute dein Herz für seine lebensverändernde Liebe öffnen? Ich kann dir jetzt schon versprechen: Wenn sie dich trifft, dann mit voller Wucht! Und bevor du dich versiehst, wird Gott beginnen, dich zu gebrauchen. Ja, *dich*! Egal, wo du dich gerade befindest oder was du schon erlebt hast – Gott will deine Lebensgeschichte benutzen, um die Welt zu verändern. Schließlich hat er dich *geschaffen*, damit dein Leben Spuren hinterlässt.

Atme nicht nur, sondern lebe!

Hey, ich muss dir was sagen, was eigentlich logisch ist:

Du lebst.

»Wow, Jenna, wie tiefgründig«, denkst du jetzt vielleicht leicht sarkastisch.

Aber lass uns mal darüber nachdenken. Ich weiß nicht, wie es dir geht, aber ich vergesse oft, dass ich atme. Ich vergesse, dass mein Herz schlägt. Ich vergesse, dass das Leben ein Geschenk ist. Wenn du lebst (und davon gehe ich aus, wenn du dieses Buch liest), was machst du dann daraus? Zwängst du das Leben in einen Flachbildschirm, einen modischen Laden, eine Sportart, das Telefon, eine ungesunde Beziehung? Willst du etwas aus deinem Leben machen? Nun, dann lies die nächste Aussage:

Gott lebt.

Jetzt ist kein Sarkasmus erlaubt. Ich möchte kein »Na klar« hören. Warum? Denn wenn wir wirklich – ich meine *wirklich* – dieser Aussage glaubten, dann würde unser Leben wahrscheinlich nicht so aussehen, wie es jetzt der Fall ist. Es würde weniger Verunsicherung, weniger Selbstsucht, weniger Faulheit, weniger Medienkonsum, weniger Verwirrung geben.

Es ist so: Wenn wir mit dem *lebendigen* Gott eine Beziehung eingehen, dann beginnen wir auch auf göttliche Weise zu *leben*. Unsere Handlungen, Entscheidungen, Worte und Träume verändern sich. Auf gute Weise! Wir leben zuversichtlich, selbstlos, motiviert, beziehungsreich und haben ein Ziel vor Augen. Wenn wir den Gott kennenlernen, der uns über alles liebt, dann fangen wir an, uns von innen heraus zu verändern. Wir beginnen für das zu leben, wofür wir geschaffen wurden: um in der Welt etwas zu verändern!

JENNA

TEIL 1

DU WURDEST GESCHAFFEN, UM MIT GOTT ZU LEBEN

Ich
Ich bin geschaffen
Ich bin geschaffen, um
Ich bin geschaffen, um mal richtig die Welt zu retten!

GOTT = LIEBE

Alles ist mir möglich durch Christus, der mir die Kraft gibt, die ich brauche.

Philipper 4,13

ICH BIN GOTTES MEISTERWERK!

Lächle.
Es ist ansteckend!

Verändere die Welt mit einer Tat nach der anderen.

KAPITEL 1

Guten Morgen, Leben!

Kein Auge hat je gesehen, kein Ohr je gehört und kein Verstand je erdacht, was Gott für diejenigen bereithält, die ihn lieben.

1. Korinther 2,9

Wie war dein Morgen?

Dein Wecker hat geklingelt, und du hast summend deine Füße Richtung Boden geschwungen. Du hast fröhlich das Badezimmer nach dem Benutzen sauber gemacht und Gott »Guten Morgen« gewünscht, während du in deiner Bibel gelesen hast. Du hast ein ausgewogenes Frühstück zu dir genommen, die Spülmaschine ausgeräumt und deine Eltern geküsst, bevor du aus der Tür Richtung Schule geschwirrt bist. Stimmt's?

In Eiern stecken 13 Vitamine und Mineralien, und sie sind die hochwertigste Proteinquelle, die man kennt. Eine Henne legt 300 bis 325 Eier pro Jahr.

www.GoodEgg.com

So war's nicht?

Vermutlich nicht einmal annähernd. Vielleicht war dein Morgen eher so:

Deine Mutter sagte: »Steh endlich auf! Ich hab dich schon dreimal gerufen. Du wirst zu spät kommen.«

Du hast »Ich komme« gemurmelt, dich dann umgedreht und das Kissen über deinen Kopf gezogen. Nach zwei oder drei weiteren erfolglosen Versuchen hat deine Mutter deinen kleinen Bruder geschickt, um dich zu holen. Du hast das Kissen nach ihm geschmissen und ihn aus dem Zimmer geworfen. Dann bist du ins Bad geschwankt, um deine verstrubbelten Haare zu ordnen und den Belag von deinen Zähnen zu entfernen. 20 Minuten später bist du schnell durch die Küche geeilt, hast dich vor der Hausarbeit gedrückt, dir eine Milchschnitte auf dem Weg nach draußen geschnappt und deine Familie ziemlich ignoriert.

War es eher so?

Okay, vielleicht war es nicht ganz so schlimm.

Aber beantworte ehrlich diese Frage: Bist du heute mit einem Schmetterlingsgefühl im Bauch aufgewacht, weil du wusstest, dass etwas Großartiges passieren würde und du dabei eine Hauptrolle spielen würdest?

Du weißt, was ich meine. Das Gefühl, das du als Kind hattest, wenn ihr in einen Vergnügungspark gehen wolltet oder wenn es nur noch einen Tag bis Weihnachten war.

Hier ist ein kaum bekanntes Geheimnis:

Du kannst mit einem wunderbaren Gefühl aufwachen, wenn du weißt, dass etwas Wunderbares passieren wird.

Besonders, wenn du rausfindest, dass der Schlüssel zu diesem Wunderbaren *du selbst* bist.

Ja, du.

MAX

Du kannst schon lange laufen und sprechen, hast an Buntstiften gekaut, Bälle geschlagen, glucksend und kichernd Windeln und Kindheit hinter dir gelassen.

Dir ist aufgefallen, dass Jungen keine Mädchen sind, Hunde keine Katzen und dass Spinat nicht an Pizza herankommt. So ist das Leben. Und dieses Leben gehört dir.

Dein Leben ist voller Sommer und fröhlicher Lieder, aber es gibt auch graue Himmel und Tränen. Du hast nicht um ein Leben gebeten, aber du hast eines. Einen ersten Tag, einen letzten Tag. Und ein paar Tausend dazwischen. Du hast ein waschechtes menschliches Leben bekommen. Und nicht nur das. Dir wurde dein Leben gegeben. Kein anderer hat ein Leben, wie du es hast. Du wirst dich nie zufällig selbst draußen auf der Straße treffen. Dein Leben wird nie von jemand anderes gelebt werden. Du bist kein Kapuzenpullover auf dem Dachboden, der nach deinem Tod weiterverwendet werden kann.

Einige Leute denken über solche Dinge nicht nach. Aber du gehörst nicht dazu. Sonst würdest du kein Buch in der Hand halten, das »Mal richtig die Welt retten« heißt. Du willst, dass dein Leben sinnvoll ist. Du willst jeden Tag begeistert aufwachen. Du willst dein Leben so leben, dass die Menschen hinterher froh darüber sind, wie du gelebt hast. So wie Vater Benjamin. Denk mal über die folgende Geschichte nach:

Auf der Suche nach Vater Benjamin – eine Fabel

Starker Wind bringt das Schiff vom Kurs ab, und die Seeleute entdecken unbekannte Inseln. Ein halbes Dutzend Hügel ragen aus der blauen Südsee empor. Der Kapitän befiehlt seinen Leuten, den Anker fallen zu lassen, und geht anschließend an Land.

Auf der ersten Insel sieht er nur Trauriges: unterernährte Kinder, Stämme, die sich streiten. Es gibt keine Landwirtschaft oder eine andere Art der Lebensmittelproduktion. Keine medizinische Versorgung, keine Schulen. Nur einfache, bedürftige Menschen.

Die zweite Insel und auch die folgenden bieten ein ähnliches Bild. Der Kapitän seufzt über das, was er sieht. »Das ist doch kein Leben für die Menschen.« Aber was kann er tun?

Dann betritt er die letzte und größte Insel. Die Menschen sind gesund und gut genährt. Wasserleitungen bewässern die Felder, und die Dörfer sind durch Straßen verbunden. Die Kinder haben strahlende Augen und gesunde Körper. Der Kapitän fragt den Häuptling nach einer Erklärung. Wieso ist diese Insel so viel besser entwickelt als die anderen?

Der Häuptling gibt eine schnelle Antwort: »Der Grund ist Vater Benjamin. Er hat uns alles gelehrt: von Landwirtschaft bis zu medizinischer Versorgung. Er hat Schulen und Krankenhäuser gebaut und Brunnen gegraben.«

Der Kapitän fragt: »Kannst du mich zu ihm bringen?«

Der Häuptling nickt und signalisiert zwei Einheimischen, ihn zu begleiten.

Sie führen den Kapitän über eine Anhöhe im Dschungel zu einem Krankenhaus. Es ist mit sauberen Betten und ausgebildetem Personal ausgestattet. Sie zeigen dem Kapitän die Regale mit den Medikamenten und stellen ihm die Angestellten vor. Der Kapitän, der beeindruckt ist, kann jedoch nirgendwo Vater Benjamin erblicken. Er wiederholt seine Bitte: »Ich würde gerne Vater Benjamin sehen. Kannst du mich dahin bringen, wo er wohnt?«

Die drei Einheimischen schauen sich verwirrt an und beraten sich untereinander. Nach einigen Minuten fordert ihn der Häuptling auf: »Folge uns zum anderen Ende der Insel.« Sie laufen die Küste entlang, bis sie einige Fischteiche erreichen. Kleine Kanäle verbinden die Teiche mit dem Meer. Wenn die Flut ansteigt, gelangen die Fische aus dem Meer in die Teiche. Die Inselbewohner lassen dann die Kanaltore herunter und können Fische angeln.

Wieder ist der Kapitän erstaunt. Er trifft Fischer und Arbeiter, Torhüter und Netzwerfer, aber er sieht nirgendwo Vater Benjamin. Er fragt sich, ob er sich klar ausgedrückt hat. »Ich sehe Vater Benjamin nicht. Bitte bringt mich dahin, wo er lebt.«

Das Trio beratschlagt sich wieder. Nach einer kurzen Diskussion schlägt der Häuptling vor: »Lasst uns den Berg besteigen.« Sie führen den Kapitän einen steilen, engen Pfad hinauf. Nach vielen Biegungen und Wendungen endet der Pfad vor einer Kapelle mit einem Grasdach. Die Stimme des Häuptlings ist sanft und ernst: »Er hat uns von Gott erzählt.«

Er begleitet den Kapitän in die Kapelle und zeigt ihm den Altar, ein großes Holzkreuz, mehrere Bankreihen und eine Bibel.

»Lebt hier Vater Benjamin?«, fragt der Kapitän.

Die Männer nicken und lächeln. »Kann ich ihn sprechen?«

Die Gesichter werden plötzlich ernst. »Oh, das ist unmöglich.«

»Warum?«

»Er ist vor vielen Jahren gestorben.«

Der verwirrte Kapitän starrt die Männer an. »Ich habe gefragt, ob ich ihn sehen kann, und ihr habt mir eine Klinik, eine Fischfarm und diese Kapelle gezeigt. Ihr habt nichts von seinem Tod erzählt.«

»Du hast nicht gefragt, ob er tot ist«, antwortet der Häuptling. »Du wolltest sehen, wo Vater Benjamin lebt. Wir haben es dir gezeigt.«

Vater Benjamin hat etwas bewirkt, das über sein Leben hinaus Bestand hatte.

Das kannst du auch. Du bist vielleicht noch nicht ganz erwachsen und musst noch viel lernen. Aber Gott wartet darauf, jetzt durch dich zu wirken, um die Welt zu verändern. Und wenn du bei Gottes großem Abenteuer mitmachst, dann gibt es nichts, was ihr beide nicht tun könnt.

MAX

JENNA

Woher ich das weiß? Ich habe es mit eigenen Augen gesehen.
Ich habe beobachtet, wie Teenager etwas positiv verändert haben.
Sogar Jugendliche, denen kaum Mittel zur Verfügung standen.
Schalte noch mal einen Gang zurück und lass uns von vorne beginnen:

Ich will mich erst mal vorstellen (falls du die Einleitung überblättert hast). Ich bin Jenna, und du hast gerade etwas von meinem Vater gelesen. Es gibt eine bestimmte Eigenschaft, mit der ich meinen Vater am besten beschreiben kann: echt. Er ist einfach ein echter Mann, mit echten Träumen, der schlecht tanzt und eine echte Leidenschaft für Jesus hat.

Die Leidenschaft meines Vaters für Gott ist der Grund, warum er eine solche Leidenschaft für Menschen hat. Und auch wenn das etwas kitschig klingt: Ich will so sein wie er. Wir haben dieses Buch geschrieben, um dich für ein tolles Abenteuer mit Gott zu begeistern, sodass du einen *großen* Unterschied in dieser Welt voll leidender und hungernder Menschen bewirken kannst.

Hier sind mein Vater und meine Mutter mit dem kleinen Mädchen in Äthiopien, für das sie eine Patenschaft übernommen haben.[1]

Hier in der Mitte bin ich, umgeben von Schülern der »Adulala Kochore Primary School« in Äthiopien. Siehst du ihr Lächeln?[2]

Mein Vater und ich hatten neulich die Gelegenheit, mit der Hilfsorganisation *World Vision* nach Äthiopien zu reisen. Wir sahen Armut, haben Dürre erlebt und Kinder berührt, die an Aids leiden. Obwohl sie so krank sind, hörten wir sie singen. Singen! Voller Freude! Wir haben beobachtet, wie sie anderen halfen. Mit Freude! Inmitten von Krankheit und Hunger sangen sie. Wie das sein kann? Sie kennen einen Gott, der sie liebt und ein *großes* Ziel für ihr Leben hat. Diese Menschen haben mich verändert.

Ich will wie mein Vater sein.
Ich will wie die Äthiopier sein.
Ich will mal richtig die Welt retten.

Willst du das auch?

Wir hoffen es jedenfalls. Und wir wollen dir helfen, damit anzufangen. Wo immer du auch hingehst: Du hast etwas zu bieten.

Du findest vielleicht nicht, dass es viel ist.
Aber Gott findet es.

Er hat dich gemacht.
Er hat dich einzigartig gemacht.
Er hat dich gemacht, damit du mal richtig die Welt rettest.

JENNA

Du wurdest von einem Gott maßgeschneidert, dem du total viel bedeutest. Gott hat dich aus einer einzigartigen Kombination von Persönlichkeit, Fähigkeiten, Talenten, Gefühlen und Aussehen sorgfältig und mit voller Bewunderung zusammengesetzt. Er hat dich anders geschaffen als alle anderen auf dieser tollen, großen blauen Kugel namens Erde. Er hat jede Haarsträhne auf deinem Kopf mit der Hand gefertigt und deine Iris gewissenhaft blau, grün oder braun gemalt. Er hat dein Gehirn so programmiert, dass du ziemlich gut in Mathe oder ein Crack in Geschichte bist. Dann ist er einen Schritt zurückgetreten, hat dich angesehen, gelächelt und seine Schöpfung für »gut« befunden.

Iris: Der farbige Teil deiner Augen. In der Mitte befindet sich die Pupille.

JENNA

Aber lass uns ehrlich sein. Wie siehst du dich selbst? Geh zum nächsten Spiegel und check dich mal durch.

Wohin wandern deine Augen als Erstes? Zum Zyklopen-Pickel auf deiner Stirn? Zum neuen Haarschnitt, den deine Mutter so liebt, du aber nicht leiden kannst? Zu deinem Körper, dem mehr Muskeln oder weniger Speck guttäten? Ich weiß nicht, wie es bei dir ist, aber ich konzentriere mich meistens auf meine Mängel, statt mich voller Bewunderung zu betrachten. Wenn wir uns doch einfach mal mit Gottes Augen sehen könnten!

Wenn Gott uns ansieht, dann muss er einfach lächeln und zufrieden seufzen. Was für ein Meisterwerk!, muss er denken. Ich habe keinen Fehler gemacht, als ich sie ins Leben rief oder ihn zusammenstrickte. Er sieht ein Kunstwerk, das wertvoller ist als jeder Leonardo da Vinci im Louvre.

Als ich in der achten Klasse war, musste ich im Erdkundeunterricht meinen allerersten explodierenden Vulkan anfertigen. Eine meiner Mitschülerinnen und ich verbrachten Stunden damit, ihn zu formen und zu modellieren, ihn mit den richtigen Farben zu bemalen und natürlich sicherzustellen, dass er genau das tun konnte, was er sollte: ausbrechen! Wir waren so stolz auf das, was wir da geschaffen hatten.

Ja, wie stolz ist Gott unser Vater erst, wenn er einen Schritt zurücktritt und uns anblickt, nachdem er uns geschaffen, unsere Herzen geformt und unserem Haar genau den richtigen Braunton gegeben hat! Nachdem er unsere Augen mit genau dem richtigen Haselnusston gefüllt und unser Gesicht mit Sommersprossen, Grübchen und Lachfältchen bestäubt hat! Aber es ist uns überlassen zu entscheiden, ob wir das tun, wozu er uns geschaffen hat: seine Liebe für uns zu erkennen und ihn ebenfalls zu lieben.

Wenn wir nach diesem Plan leben, dann und nur dann können wir ein sinnerfülltes Leben leben – ein Leben, das andere Leben verändert; ein Leben, das über uns hinausweist. Dann führen wir ein Leben, in dem wir uns mit Gott zusammengeschlossen haben, um die Welt zu verändern.

JENNA

Stell dir Gott auf seinem himmlischen Thron vor, wie er von Engeln umgeben ist und vor Freude platzt, während er auf dich herabblickt. Nicht nur damals, als du nach deiner Geburt das süße Baby warst, sondern genau in diesem Moment. Heute. Gott stimmt für dich ein Lied an.

Gott liebt dich so sehr, dass er dich schuf, damit du ihn anbeten kannst. Er hat seinen Sohn Jesus geschickt, um für dich zu sterben, und du kannst ihm jetzt dein Leben zurückgeben. Soll heißen: Du kannst eine Beziehung zu ihm aufbauen. Wenn das geschieht, dann hat er Abenteuer für dich geplant, die nur ihr beide erleben könnt. Wunderbare Dinge gibt es da zu entdecken. Und viele Wege, wie du und er die Welt verändern könnt.

Wenn ihr für ihn lebt und das Reich Gottes zu eurem wichtigsten Anliegen macht, wird er euch jeden Tag geben, was ihr braucht. Was Gott einmal beschlossen hat, das führt er auch aus (Matthäus 6,33).

Begeistert freut er sich an dir. Vor Liebe ist er sprachlos ergriffen und jauchzt doch mit lauten Jubelrufen über dich (Zephania 3,17).

MAX

Wir sind von einem großartigen Gott geschaffen, um großartige Dinge zu tun. Er lädt uns ein, über uns hinauszuwachsen. Nicht erst im Himmel, sondern schon hier auf der Erde.

MAX

Genau, es gibt keinen Zweifel daran.
Du wurdest geschaffen, um einen Unterschied zu bewirken!

schaffen (Adjektiv):
1. etwas vollbringen, arbeiten
2. schöpferisch/gestaltend hervorbringen (Duden)

Unterschied = die Antwort auf ein Substraktions-Problem, wie der Unterschied bei: 16–4=12

Denn wir sind Gottes Schöpfung. Er hat uns in Christus Jesus neu geschaffen, damit wir zu guten Taten fähig sind, wie er es für unser Leben schon immer vorgesehen hat. (Epheser 2,10)

Halt, noch mal von vorne. Kein mathematischer Unterschied, sondern ein

MACH-DIE--ZU-EINEM-BESSEREN-ORT-Unterschied.

Nicht, nachdem du auf der Uni warst oder eine Arbeitsstelle gefunden hast.

(Genau jetzt.)

Nicht, nachdem du mit Mathe fertig geworden bist oder die Schule verlassen hast.

(Genau jetzt!)

Es ist nie zu früh – und du bist nie zu jung, um damit zu beginnen, etwas positiv zu verändern.

Genau jetzt!

Du
Kannst Leben verändern,
deine Familie verändern,
deinen Wohnort verändern,
Herzen verändern –
mit dem Gott, der das Universum erschaffen hat.
Mit dem Gott, der dich gemacht hat. Mit dem Gott, der dein liebender Vater sein will.

Und wenn du mit ihm zusammen diese Veränderungen bewirkst, wirst du es nicht abwarten können, aufzuwachen und es noch einmal zu tun. Und noch einmal. Und noch einmal.

Jeden Tag.

JENNA

Hast du einer obdachlosen Frau schon mal in die Augen gesehen und dir ihre Geschichte angehört?

Hast du die Hand eines traurigen Freundes gehalten?

Hast du deine Mutter schon mal damit überrascht, die Küche sauber zu machen?

Wenn ich anderen helfe, dann empfinde ich Freude, Aufregung und Zufriedenheit. Wie das kommt?

Weil ich dann nach meiner Berufung lebe.

Wenn du anderen hilfst, dann dienst du Gott. Und wenn du Gott dienst … Na los, auf geht's! Es ist der Moment in deinem chaotischen Teenagerleben, wenn die Unsicherheiten verschwinden, die Sorgen nachlassen und Fragen beantwortet werden.

Auf einmal weißt du genau, wer du bist und warum du geschaffen wurdest. Du bist Teil von Gottes Plan. Gibt es irgendetwas Besseres, für das man aufwachen könnte?

> Arbeitet so bereitwillig, als würdet ihr Gott dienen und nicht Menschen (Epheser 6,7).

Es gibt keinen besseren Moment, als jetzt damit anzufangen. Auf der ganzen Welt brauchen die Menschen Nahrung, Freundschaft, sauberes Wasser, Anerkennung, eine Unterkunft – und Liebe.

Doch am dringendsten ist, dass die Welt Jesus kennenlernt.

Und am besten können die Menschen etwas über ihn erfahren, wenn sie jemandem wie dir begegnen. Jemandem, der ihnen Jesu Liebe zeigt. Du kannst zusammen mit jemandem essen, eine Freundschaft beginnen, ein Gebet sprechen. So haben es die ersten Nachfolger Jesu gemacht. Genau auf diese Weise hat sich das Christentum anfangs in der Welt ausgebreitet.

Mein Vater beschreibt das so:

JENNA

MAX

Die Jerusalemer Gemeinde hatte 120 Gründungsmitglieder (Apostelgeschichte 1,15). Sie kamen hauptsächlich aus den unteren Gesellschaftsschichten – Fischer, Zöllner und ein oder zwei bekehrte

Revolutionäre. Sie hatten keinen Einfluss beim römischen Kaiser, keine Freunde in hohen Positionen. Sie hatten nicht mehr als das:

Sie waren voller Feuereifer,
um die Welt zu verändern.

Dank Lukas wissen wir, was mit ihnen passiert ist. Er hat ihre Geschichten in der Apostelgeschichte niedergeschrieben. Lass uns mal zuhören. Du hast schon richtig gelesen – dem Buch der Apostelgeschichte *zuhören*. Es platzt nur so von Geräuschen über Gottes Wirken. Drück deine Ohren gegen die Seiten und höre, wie die Predigten von den Tempelwänden widerhallen, wie das Taufwasser spritzt und frisch Bekehrte lachen. Höre, wie der Löffel die Schüssel auskratzt, nachdem ein weiterer hungriger Magen gefüttert wurde.

Höre zu, wie sich Türen öffnen und Mauern zusammenbrechen. Türen zu allen möglichen Städten und Ländern wie Antiochien, Äthiopien, Korinth und Rom. Türen von Palästen, Gefängnissen und römischen Gerichtshöfen. Und Mauern. Das alte Vorurteil zwischen Juden und Samaritern – verschwunden! Die Trennung zwischen Juden und Heiden – aufgehoben!

Die Apostelgeschichte verkündet: »Gott ist am Werk!«

»Ist er das immer noch?«, fragen wir uns. Würde Gott mit uns dasselbe tun, was er mit seinen Nachfolgern damals tat?

Der Himmel weiß, dass wir das hoffen. Dies sind schwere Zeiten. Überall um uns herum herrscht Not. Manche ist riesig – wie die von den 1,75 Milliarden Menschen, die extrem arm sind.[3] Andere Nöte scheinen etwas kleiner – wie die der Außenseiter in unserer Schule, die täglich in der Klasse links liegen gelassen werden. Gott hat uns so ausgerüstet, dass wir etwas verändern können – ob es nun gerade hier zu Hause ist oder auf der anderen Seite des Globus.

Noch nie waren Menschen so reich, wie wir es jetzt sind. Wir sind intelligent, gebildet und erfahren. Wir können in 24 Stunden einmal um die Erde reisen oder eine Nachricht in einer Millisekunde verschicken. Wir haben die hoch entwickelteste Forschung und Medizin gleich vor der Haustür. Wir haben genügend Ressourcen. Schon zwei Prozent der weltweiten Getreideernte würden bei gerechter Verteilung reichen, um das Problem von Hunger und Mangelernährung auf der Erde zu beheben.[4] Es gibt genug Nahrung auf dem Planeten, um jeden mit täglich 2 500 Kalorien zu versorgen.[5] Wir haben genug Lebensmittel, um die Hungrigen satt zu bekommen.

25 000 Kinder unter fünf Jahren sterben täglich eines vermeidbaren Todes.[6]

Eines ist klar: Die Vorratskammer ist gefüllt. Gott hat uns alles gegeben, was wir benötigen, um den Verlauf des menschlichen Leidens zu verändern.

Vor einigen Jahren haben mich drei Fragen sehr beschäftigt. Sie wurden mir von drei verschiedenen Leuten innerhalb eines Monats gestellt.

Frage 1: Wenn du als Christ in Deutschland während des Zweiten Weltkrieges gelebt hättest, hättest du dann Hitler Widerstand geleistet?

Frage 2: Wenn du während des Bürgerkrieges in den Südstaaten der USA gelebt hättest, hättest du dich gegen den Rassismus zur Wehr gesetzt?

Frage 3: Wenn deine Enkelkinder einmal feststellen, dass du während einer Zeit lebtest, in der 1,75 Milliarden Menschen arm waren und eine Milliarde an Hunger litten, wie würden sie beurteilen, was du dagegen unternommen hast?

Die ersten beiden Fragen waren für mich nicht schwer zu beantworten. Ich gehe mal davon aus, dass ich gegen den mörderischen

Diktator Hitler aufgestanden wäre und gegen Rassismus gekämpft hätte. Aber diese Zeiten sind vorbei, und diese Entscheidungen muss ich nicht mehr treffen. Aber die dritte Frage hat mir nachts den Schlaf geraubt. Ich lebe heute. Wie du. Wir haben die Wahl … die Möglichkeit, in schwierigen Zeiten ernorme Dinge zu bewirken. Was wäre, wenn wir das täten? Was wäre, wenn wir die Welt mit Hoffnung aus den Angeln heben würden? Wenn wir alle Ecken und Enden mit Gottes Liebe und Leben durchtränkten? Was wäre, wenn wir dem Beispiel der Urgemeinde in Jerusalem folgten? Diese kleine Gruppe von 120 Anhängern Jesu wurde zur weltverändernden Kraft. Wie haben sie das geschafft? Was können wir von ihren Prioritäten und ihrer Leidenschaft lernen?

Viel – wenn wir uns ihre Geschichten näher ansehen, die in den ersten zwölf Kapiteln der Apostelgeschichte aufgeschrieben sind.

> Auf geht's. Warum nicht mal die Bibel rausholen und diese Woche die ersten zwölf Kapitel der Apostelgeschichte lesen? Schau dir jedes Ereignis genau an und sprich dabei das Gebet: Mach das noch einmal, Jesus, mach das noch mal.

Die Botschaft von Jesus hat sich verbreitet, weil die Menschen sich umeinander kümmerten. Sie liebten Gott und begannen, die Menschen um sich herum ebenso zu lieben. Wie kannst du auf deinem Weg, die Welt zu verändern, anfangen?

Es beginnt mit deinem Herzen.
Du und Gott.
Gott und du.

MAX

Du willst Gutes tun. Du willst, dass dein Leben einen Sinn ergibt. Du willst dein Leben so leben, dass die Menschen hinterher froh darüber sind, wie du gelebt hast.

MAX

Der erste Schritt in deinem großen Abenteuer, bei dem du mit Gott etwas veränderst, ist folgender: Mach ihm klar, dass du mit ihm eine echte Beziehung haben willst. Rede einfach mit ihm. Sag ihm, dass du bereit bist, eure Beziehung viel mehr zu vertiefen. Wie gut du ihn auch kennst, du kannst ihn immer noch besser kennenlernen. Du siehst ihn vielleicht nicht, du bist dir nicht sicher, ob du wirklich je seine Anwesenheit gespürt hast, aber er ist bei dir. Genau jetzt, während du diese Seite liest. Er wartet darauf, etwas von dir zu hören. Er wartet, dass du anfängst, dich mit ihm zu unterhalten.

Versuch doch einfach, mit Gott in deinen eigenen Worten zu reden. Auch wenn du keinen Blitzstrahl siehst oder sofort etwas spürst: Er wird dich hören. Er freut sich über dich. Du bist sein Meisterwerk.

Wenn du dich ihm näherst, wirst du beginnen, dich so zu sehen, wie Gott dich sieht. Und er wird dir all die Dinge zeigen, mit denen er dich ausgerüstet hat, um etwas zu bewegen. Wenn du ihn dann immer besser kennenlernst und ihm weiterhin folgst, wird er dich mit Menschen zusammenbringen, die genau das brauchen, was du hast. Wir wissen, dass er das tun wird, weil er bereits mit Jugendlichen an allen möglichen Orten etwas bewegt. Mit jungen Menschen, deren Geschichten du in den folgenden Kapiteln lesen wirst. Es sind ganz normale Teenager, die jeden Morgen aufgeregt aufwachen, weil sie wissen, dass sie mit Gott große Abenteuer erleben und das Leben anderer Menschen so verändern werden, wie sie es sich nie hätten träumen lassen.

Genau wie die ersten Nachfolger Jesu hast du einen von Gott bestimmten Platz in der Geschichte, in seiner Geschichte. Und etwas positiv zu verändern wird wie ein Schmetterlingsgefühl im Bauch sein und ein Erlebnis, wofür es sich lohnt aufzuwachen.

Denn ich weiß genau, welche Pläne ich für euch gefasst habe, spricht der Herr. Mein Plan ist, euch Heil zu geben und kein Leid. Ich gebe euch Zukunft und Hoffnung.

Jeremia 29,11

Gott, danke, dass du uns zu einem bestimmten Zweck geschaffen hast. Danke, dass du jeden Zentimeter an uns liebst, auch wenn wir so chaotisch sind. Hilf uns, dich mehr zu lieben, sodass wir andere mehr lieben können. Gib uns Augen, die sehen, was du siehst, sodass unsere tägliche, langweilige Routine zu einem Abenteuer wird – zu einer Gelegenheit, jemandem zu helfen, jemanden zu lieben, jemandem zuzuhören. Einer Gelegenheit, etwas zu verändern. Verändere uns so, dass wir dir ähnlicher werden.

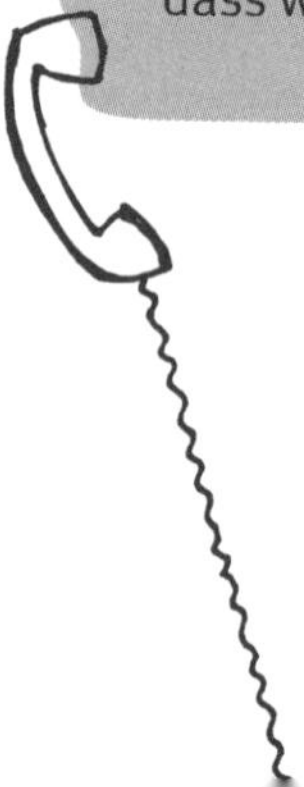

KAPITEL 2

Eine einfache Pizza Margherita

Dann werdet ihr den Menschen auf der ganzen Welt von mir erzählen – in Jerusalem, in ganz Judäa, in Samarien, ja bis an die Enden der Erde.

Apostelgeschichte 1,8

Das Telefon klingelt, und eine weibliche Stimme antwortet.

»Marias Pizzeria. Was kann ich für Sie tun?«

»Hallo. Ich hätte gern eine große Pizza mit Spinat und Gorgonzola, zum Abholen.«

»Es tut mir leid. Wir haben nur einfache Pizza Margherita.

»Oh, dann nehme ich eine mit Peperoni, Würstchen, Schinken, Speck, Salami und allen möglichen Sorten Fleisch.«

»Es tut mir leid. Wir haben nur Pizza Margherita.«

»Okay, dann würde ich gern die ›Pizza mit allem‹ probieren, die mit Schokoladensirup oben drauf.«

»Ich sagte: ›WIR HABEN NUR PIZZA MARGHERITA‹!«

»Sie brauchen nicht zu schreien. Es ist nur so, eine Pizza nur mit Käse ist ein wenig … nun, langweilig, oder? Okay, gut. Also dann eine Pizza Margherita.«

»Das macht acht Euro. Sie können die Pizza in 15 Minuten abholen.«

Eine simple Pizza Margherita.

Das scheint nicht sehr aufregend, ist aber trotzdem schmackhaft und sättigend. Wenn du einfach nur hungrig bist, dann reicht eine Pizza Margherita.

> In den USA werden mehr als drei Milliarden Pizzas jährlich verkauft, was einen Umsatz von 28,5 Milliarden Euro ergibt.
>
> National Association of Pizzeria Operators

Die ersten Christen, über die in der Apostelgeschichte berichtet wird, waren ein wenig wie eine »Pizza Margherita«.

MAX

Sie machten nach außen nicht groß was her, aber sie haben auf jeden Fall etwas verändert.

Die Welt war hungrig. Einige waren körperlich hungrig, andere waren geistig hungrig. Eine einfache »Pizza Margherita« hat sie satt gemacht. Die ersten Christen hatten keine ausgefallenen »Pizzabeläge« oder Qualifikationen. Sie waren unbeholfen, sicher auch dickköpfig und vergesslich. Aber Botschafter? Leiter? Hoffnungsträger?

Wohl kaum.

Lass mich dir ein paar von ihnen vorstellen. Der Große da in der Ecke, das ist Petrus. Der größte Fang seines Lebens, bevor er Jesus traf, hatte Flossen und Kiemen. Merkwürdig. Der Typ, der ausgewählt wurde, um das nächste große Werk Gottes anzuführen, weiß mehr über Barsche und Bootsanleger als über römische Kultur und ägyptische Machthaber.

Dann seine Kumpel: Andreas, Jakobus, Nathanael. Sie sind nie weiter als eine Woche Fußmarsch von zu Hause weg gewesen. Haben sich nie mit Asien oder der Kultur Griechenlands befasst. Hatten keine abgenutzten Pässe, keine großen Ansprüche an das Leben.

Hatten sie irgendeine richtige Ausbildung? Nein. Was war es dann, was sie besaßen?

Bescheidenheit? *Nein*. Sie versuchten einander zur Seite zu drängen, wenn es um die besten Plätze ging.

Viel Wissen über Gott und seine Pläne? *Nö*. Petrus forderte Jesus auf, die Sache mit dem Kreuz zu vergessen.

Sensibilität? *Nicht ein bisschen*. Johannes wollte die Heiden abfackeln.

Loyalität? *Völlige Fehlanzeige*. Als Jesus ihr Gebet gebraucht hätte, machten sie ein Nickerchen. Als Jesus verhaftet wurde, rannten sie davon. Dank ihrer Feigheit hatte Jesus mehr Feinde als Freunde bei seiner Kreuzigung um sich.

Aber schau sie dir sechs Wochen später an, als sie sich in dem Obergemach in einem Haus in Jerusalem zusammendrängten und sich so aufführten, als hätten sie gerade Tickets zum angesagtesten Konzert der Stadt gewonnen. Da standen sie, klatschten sich wie die Sportler gegenseitig mit den Händen ab und machten große Augen. Überlegten, was um alles in der Welt Jesus wohl mit seinem letzten Auftrag im Sinne hatte:

> Dann werdet ihr den Menschen auf der ganzen Welt von mir erzählen – in Jerusalem, in ganz Judäa, in Samarien, ja bis an die Enden der Erde (Apostelgeschichte 1,8).

Ihr Hinterwäldler, ihr ungebildeten und einfachen Männer, werdet meine Zeugen sein. Ihr, die ihr mich einst für verrückt hieltet, mich im Boot angeschrien und im Sturm an mir gezweifelt habt. Ihr launischen Fischer und Zöllner. Ihr werdet meine Zeugen sein.

Ihr werdet eine Bewegung anführen, die wie ein gerade angeschlossener Hydrant von Jerusalem aus explodieren und sich bis ans Ende der Erde ausbreiten wird, in die Straßen von Paris, die Stadtteile Roms, die Häfen von Athen, Schanghai und Buenos Aires. Ihr werdet Teil von etwas so Mächtigem, Kontroversem und Schwindelerregendem, dass die Menschen 2000 Jahre später immer noch davon reden werden. Die Frage, auf die wir eine Antwort wollen, lautet:

> Gebraucht Jesus heute immer noch einfache Menschen wie uns, um die Welt zu verändern?

Wir sind doch auch nur wie eine »Pizza Margherita«. Gewöhnlich. Wenn wir irgendwo vorbeilaufen, winken uns keine Fans zu. Niemand serviert uns unser Abendessen auf silbernen Tellern oder gibt uns Hunderte Euro Ermäßigung. Es folgen uns keine Paparazzi, und wir haben wahrscheinlich auch keinen Eintrag in Wikipedia oder sind auf YouTube bekannt (zumindest noch nicht). Wir sind durchschnittliche Menschen wie die Jünger in Jerusalem.

MAX

Laut des Guinnessbuches der Rekorde hatte die größte Pizza 38 Meter Durchmesser und bestand aus 500 Kilogramm Mehl, 800 Kilogramm Käse und 900 Kilogramm passierten Tomaten.

Kann Gott trotzdem etwas mit einer »einfachen Pizza Margherita« anfangen? Absolut. Frag doch mal den 15-jährigen Austin Gutwein.

Austins Geschichte

Austin Gutwein wollte unbedingt für das Basketballspiel in seiner Schule ausgewählt werden. Er war neun Jahre alt, und er liebte diesen Sport. Doch leider war er nicht so gut im Körbewerfen. Er schaffte es nicht ins Team. Aber er hat dennoch die Welt verändert.

Austin sah ein Video von *World Vision* über Kinder in Sambia, Afrika, die Waisen waren, weil ihre Mütter und Väter an Aids gestorben waren. Er konnte nicht mehr aufhören, darüber nachzudenken, wie es ist, keine Eltern zu haben. Es machte ihn traurig, an Kinder zu denken, die alles selbst machen mussten:

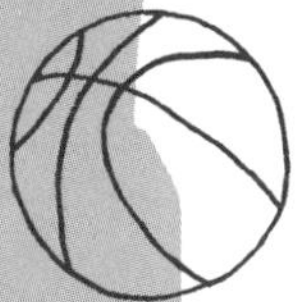

Essen besorgen und kochen,
allein sauber machen,
sich selbst in einer einsamen Hütte ins Bett bringen,
sich darum kümmern, dass die jüngeren Geschwister überlebten.
Doch Austin wollte mehr tun als nur darüber
nachzudenken,
er wollte etwas dagegen tun.

Austin erzählte seinem Vater, dass er den Kindern helfen wollte. Sie riefen gemeinsam bei *World Vision* an. Zusammen tüftelten sie einen einfachen, aber genialen Plan aus. Am Welt-Aids-Tag in jenem Jahr (1. Dezember 2004) würde Austin einen Freiwurf zu Ehren jedes Kindes werfen, dessen Eltern an diesem Tag an dieser furchtbaren Krankheit starben.

Viele Menschen sponserten Austin, und er sammelte mehr als 2300 Euro.

Fast 5500 Menschen sterben jeden Tag an Aids (Acquired Immune Deficiency Syndrome – erworbenes Immunschwächesyndrom).

www.USAID.gov

Aber das war nicht genug.
Er wusste, dass er von mehr träumen und Größeres tun konnte.

Ein Jahr später hatte er **1 000** Facebook-Freunde zusammengebracht, die ihm beim Körbewerfen und Geldsammeln halfen. Es war der Beginn der Hilfsorganisation *Hoops of Hope* (»Körbe der Hoffnung«).

Das sind eine Menge Freunde!

Austin und sein ruandischer Freund Samuel

Der durchschnittliche Facebook-User hat 130 Freunde.
www.Facebook.com

»Ehrlich gesagt denke ich, dass eigentlich jeder rausgehen und etwas positiv verändern möchte«, erzählte uns Austin.[7] »Ich glaube, verglichen mit anderen ist überhaupt nichts Besonderes an mir. Jeder kann etwas verändern. Man muss es nur versuchen wollen.«

Und weil Austin es versucht hat, hat *Hoops of Hope* in fünf Jahren mehr als 800 000 Euro zusammenbekommen. Das Geld wurde verwendet, um Schulen, Kliniken und Waisenheime zu bauen und damit den Kindern in Afrika zu helfen.

Sechs Jahre später wirkte Gott immer noch durch Austin, um etwas zu bewegen. Austin hat ein Buch geschrieben, um andere zu inspirieren,

Freikorbwürfe bei einer »Hoops-of-Hope«-Veranstaltung

und er hat Zehntausende Teenager als Gastsprecher auf einer landesweiten Konferenztour ermutigt und ist mit Rucksäcken voller Hilfslieferungen für die Bedürftigen nach Afrika gereist. Im Jahr 2009 hat *Hoops of Hope* allein folgende Summen gesammelt:

- 150 000 Euro, um Schlafräume für 280 Kinder an der *Jonathan Sim School* in Twachiyanda, Sambia, zu bauen.
- 63 000 Euro, um zwei Waisenheime in Swasiland zu bauen.
- 90 000 Euro, um den Rest für die *Chilala-Klinik* zu bezahlen.
- 30 000 Euro, um dem Hilfspersonal in Sinazongwe, Sambia, 250 Fahrräder und 750 Moskitonetze auszuliefern.

Austin hat aus erster Hand gesehen, wie ein gewöhnlicher »Pizza-Margherita-Teenager« dazu geschaffen wurde, um etwas zu verändern, und er erlebt die beste Zeit seines Lebens.

»Ich freue mich einfach auf jeden neuen Tag«, sagt Austin. »Ich habe den coolsten Job der Welt. Es ist einfach Wahnsinn, was alles durch etwas so Einfaches wie einen Basketball bewirkt werden konnte. Und ich glaube, das Beste für mich ist jetzt zu hören, wie andere Kinder in der ganzen Welt jeden Tag etwas positiv verändern.«

Schon mit fünf Euro kann Großes in Westafrika erreicht werden, denn mit fünf Euro können 70 Menschen mit sauberem Trinkwasser versorgt werden.
Weitere Infos unter www.aktion-deutschland-hilft.de.

250 Fahrräder für die Hilfskräfte

Vor ein paar Jahren war Austin Gutwein nur ein Grundschulkind, das eine traurige Geschichte hörte. Er hätte für eine Weile darüber nachdenken und die Sache dann vergessen können. Er hätte für die Kinder beten und es dabei belassen können. Aber er tat es nicht.

- Er hat jemandem erzählt, wie sehr diese Geschichte ihn bewegt hat.
- Sie entwickelten zusammen einen Aktionsplan.
- Mit Austin an seiner Seite hat Gott den Plan umgesetzt.
- Heute wird Bedürftigen geholfen, und in Afrika wird durch *Hoops of Hope* Menschen von Jesus Christus erzählt.

Gott hat Austin Gutwein auf ein großes Abenteuer mitgenommen, ähnlich wie das, zu dem er damals mit den Jüngern aufgebrochen ist, als sie vor 2 000 Jahren über diesen Planeten liefen. Tatsächlich wählt Gott am liebsten gewöhnliche »Pizza-Margherita-Leute« aus, damit er etwas Außergewöhnliches mit ihnen tun kann.

MAX

Bevor Jesus ihnen begegnete, beluden seine Jünger LKW, trainierten ein Fußballteam und verkauften Eisgetränke im kleinen Supermarkt an der Ecke. Es gibt keinen Hinweis darauf, dass Jesus sie auswählte, weil sie klüger oder netter als der Typ nebenan waren. Eine Sache jedoch, die man ihnen zugutehalten muss, ist ihre Bereitwilligkeit, den Schritt zu wagen, als Jesus zu ihnen sagte: »Folge mir nach.«

Bist du eher ein Paddelboot als ein Luxusliner? Eher ein Statist als ein Filmstar? Herzlichen Glückwunsch! Gott verändert die Welt mit Teenagern wie dir.

MAX

JENNA

Ich wuchs in dem Glauben auf, dass die Welt verändert werden kann. Ich war ein Missionarskind, ein Pastorenkind. Bis ich 17 Jahre alt war, glaubte ich aber nicht, dass *ich* die Welt verändern könnte. Damals fuhr ich nach Haiti zu meinem ersten Missionseinsatz.

Wir schliefen auf Feldbetten mit Moskitonetzen, lebten mit Waisenkindern, berührten die Ausgestoßenen und strichen eine neue Schule … aber es gab einen bestimmten Moment, in dem Gott mein Herz anrührte.

Wir übernachteten in einem Waisenhaus, das sich in einem abseits gelegenen Dorf im Regenwald befand. Nachdem wir einen Tag mit den Kindern gespielt hatten, versammelten wir uns an jenem Abend im Schulhaus, um Lieder für Jesus zu singen. Ein neun Jahre altes, taubes Waisenmädchen saß auf meinem Schoß. Sie hatte wilde Haare, spitze Knie und ein zerschlissenes Kleid. Sie saß kaum still. Aber als wir sangen, schlief sie mit ihrem Kopf auf meinem Schoß ein. Da wir keinen Strom hatten, sangen wir bei Kerzenschein. Ich starrte in das glühende Gesicht dieses friedlichen Waisenmädchens und begann zu weinen.

Meine Selbstsucht blickte mir ins Gesicht. Die Dinge, für die ich lebte: das letzte Schuljahr, der Abschlussball, der Wunsch, beliebt zu sein, Sport, Shoppen, der süße Junge, Urlaube – all das schien plötzlich bedeutungslos.

Es gab nur noch Gott,
ein kleines Mädchen
und mich.

Und dennoch war ich zufriedener, glücklicher und hatte mehr Frieden als je zuvor.

Wie das kam?

Weil ich endlich verstand, wofür Gott mich bestimmt hatte: um die Ungeliebten zu lieben. Während ich das kleine Mädchen in den Schlaf wog, fühlte ich die Zufriedenheit Gottes. Es war, als ob er sagte: »Ich habe dich hierher gebracht, um dem kleinen Mädchen zu zeigen, dass ich es liebe, dass sie mir etwas bedeutet. Und es gibt mehr! Ich habe noch mehr Kinder, die du lieben sollst! Möchtest du das tun?«

An diesem Abend sagte ich Ja zu dem Ruf, den ich von Gott in meinem Herzen wahrnahm: die Welt zu verändern, indem ich andere liebe und den Menschen erzähle, dass sie wichtig sind und dass Gott sie liebt.

JENNA

Wie sieht es mit dir aus? Willst du auf Gottes Rufen antworten? Hab keine Angst! Gott wird dich nicht hängen lassen. Er arbeitet mit dir zusammen, um größere und bessere Veränderungen zu bewirken, als du es allein könntest. Er hat dich sogar mit allem ausgestattet, was du dazu brauchst: Erfahrung, Beziehungen, sogar Gaben! Du musst diese Gaben nur erkennen. Seit dem Tag, an dem du geboren wurdest, hast du alles Mögliche in dich aufgesogen, Dinge, die du gehört, gelesen, gesehen, gedacht und gelernt hast. Du hast in dir eine Bibliothek voller Erfahrungen, Erinnerungen und Fähigkeiten, die niemand anders beanspruchen kann.

Wenn du dich aus Gottes Perspektive betrachtest, was siehst du dann?

Calebs Geschichte

Caleb ist neun Jahre alt. Er spielt Basketball, geht Mädchen lieber aus dem Weg und will, dass die Kinder in El Salvador sauberes Trinkwasser haben. Bei einem Kindergottesdienst hatte der Leiter davon erzählt, wie das Leben im armen Mittelamerika aussieht. Weil es kein sauberes Trinkwasser gibt, sterben jeden Tag Kinder an Krankheiten, die man eigentlich vermeiden könnte. Caleb war erschüttert und schritt gleich zur Tat. Er nahm die 15 Euro, die er für ein neues Videospiel gespart hatte, und bat seinen Vater um die gleiche Summe. Dann rief er alle Kinder- und Jugendmitarbeiter seiner Kirchengemeinde dazu auf, seinem Beispiel zu folgen. Das Ergebnis? Genug Geld, um in El Salvador zwei Brunnen zu graben.

Nimm dich mal ein bisschen unter die Lupe. Worin bist du gut? Was begeistert dich? Was hat Gott dir gegeben, was dir helfen kann anzufangen, etwas zu verändern (Freunde, Geld, freie Zeit)? Kannst du gut in der Öffentlichkeit sprechen? Stellst du gern etwas selbst mit den Händen her? Sorgst du gern dafür, dass sich Besuch bei euch wie zu Hause fühlt? Verbringst du gern Zeit mit Babys und Kleinkindern? Gehst du gern einkaufen? Kannst du gut kochen? Bist du sportlich?

Frag drei Leute, die dich am besten kennen, was sie als deine Talente und Stärken sehen. Auf geht's! Warum legst du das Buch nicht zur Seite und verbringst die nächsten 15 Minuten damit, die Menschen um dich herum zu fragen, was für ein Potenzial sie in dir sehen? Geh zu einem Familienmitglied, simse deinen Freunden oder rufe jemanden an, der dich genau kennt.

Sag ihnen gerade heraus: »Gott und ich werden die Welt verändern.« Nun, okay … du musst nicht genau dieselben Worte verwenden, aber es ist vielleicht hilfreich, dich jemandem mit all diesem »Weltretter-Zeug« anzuvertrauen. Vielleicht haben sie einen guten Ratschlag parat. Vielleicht sind sie auch ganz begeistert und wollen helfen. Wenn deine 15 Minuten vorbei sind, komm zurück und schreib auf, was man dir geantwortet hat.

Auf die Plätze, fertig, los!

Du bist zurück? Super. Was hat man dir geantwortet?
Schreib es hier auf:

1. ______________________________

2. ______________________________

3. ______________________________

4. ______________________________

5. ______________________________

Du hast viel zu geben. Und die Welt braucht das, was du mit Gott zusammen tun kannst.

Lerne Psalm 139,14 auswendig. Es heißt dort: Ich danke dir, dass du mich so herrlich und ausgezeichnet gemacht hast! Wunderbar sind deine Werke, das weiß ich wohl. Das ist ein wunderbarer Vers, den du dir immer aufsagen kannst, wenn du dir nicht so besonders vorkommst.

Bist du bereit?

Denn:
Überall, genau jetzt, gibt es Menschen,
die dich brauchen.

- Es gibt Schüler in deiner Schule, die einen Freund brauchen;
- Familien auf der ganzen Welt, die sauberes Wasser und Essen benötigen;
- jemanden in deiner Nachbarschaft, der ein Lächeln braucht;
- einen Teenager, der jemanden braucht, der ihm zuhört, weil seine Eltern sich trennen;
- Menschen in deiner Straße, die Hilfe brauchen;
- eine überarbeitete Mutter bei dir zu Hause, die sich über eine leere Spülmaschine freut (kleiner Wink mit dem Zaunpfahl).

Was kannst du tun?

Carpe diem. Nutze den Tag.

Laut Statistischem Bundesamt beträgt die Lebenserwartung für Jungen, die zwischen 2008 und 2010 geboren wurden, 77,5 Jahre, für Mädchen aus dem gleichen Zeitraum 82,5 Jahre. Wenn du 77,5 mit 365,25 Tagen pro Jahr multiplizierst, ergibt das eine durchschnittliche Lebenszeit von 28 307 Tagen. Zieh ein paar Tausend für die Baby- und Kleinkindzeit ab, dann bleiben immer noch ganz schön viele Tage übrig, um etwas zu verändern.

Ergreif deine – in der Geschichte einmalige – Gelegenheit mit Gott und mache dich auf mit allem, was du hast.

Genau das haben die Jünger getan. Genau das taten die ersten Christen, über die im Buch der Apostelgeschichte berichtet wird. Und diejenigen, die an Jesus glaubten und deren Leben verändert wurde, hatten eine sich allmählich ausbreitende Wirkung auf Menschen in Jerusalem bis hin in nahe gelegene Provinzen wie Samaria und dann bis in die ganze Welt.

Denk mal darüber nach.
Wenn die ersten Christen die Nachricht für sich behalten hätten, dann hättest du wahrscheinlich nie von Jesus gehört.

Es ist das, was Austin Gutwein getan hat, indem er zunächst ein paar Körbe in seiner Schule warf und dann *Hoops-of-Hope*-Veranstaltungen im ganzen Land organisierte und jetzt das Leben von Menschen in der ganzen Welt verändert.

Es ist genau das, was einfache »Pizza-Margherita-Leute« auf der ganzen Welt tun – genau jetzt.

Jetzt bist du an der Reihe.

Vielleicht bist du nicht sicher, wie du jemanden ansprechen kannst, um Hilfe anzubieten. Vielleicht fühlst du dich unwohl dabei, wenn du versuchst, jemanden zu trösten, der weint. Vielleicht hast du noch nie jemanden getroffen, der wirklich arm oder ernsthaft krank ist, und hast Sorge, dass du mit der Situation völlig überfordert sein könntest! Mach dir nicht zu viele Gedanken! Manchmal genügt ein freundliches »Hallo« oder ein Lächeln oder ein sanftes: »Kann ich Ihnen irgendwie behilflich sein?«, wenn du jemanden siehst, der hilfsbedürftig aussieht. Wenn man dich abweist, ist das auch in Ordnung. Du hast mit deinem Angebot das Richtige getan. Manchmal braucht es eine Reihe von Menschen, die auf jemanden zugehen müssen, bevor diese Person Hilfe annimmt. Und du bist vielleicht einfach ein Glied in dieser Kette. Geh dann weiter und halte Ausschau nach anderen Gelegenheiten, die Gott dir zeigt.

Wenn du für Jesus nichts veränderst, verpasst jemand vielleicht etwas von dem, was du geben kannst. Vergiss nicht, Pizza bereichert das Leben, auch wenn es nur eine einfache Pizza Margherita ist. Schließlich schmeckt ein Leben ohne Pizza nur halb so gut.

Und ein Leben ohne Jesus ist gar kein Leben.

Erinnert euch, liebe Brüder [und Schwestern], dass nur wenige von euch in den Augen der Welt weise oder mächtig oder angesehen waren, als Gott euch berief. Gott hat das auserwählt, was in den Augen der Welt gering ist, um so diejenigen zu beschämen, die sich selbst für weise halten. Er hat das Schwache erwählt, um das Starke zu erniedrigen.

1. Korinther 1,26–27

Wer bin ich schon, Gott? Auf mich allein gestellt, bin ich ganz gewöhnlich. Aber in *dir* bin ich außergewöhnlich. Du hast meinem Leben einen Sinn gegeben. Würdest du mir diesen Sinn bitte mehr und mehr zeigen? Weist du mich auf Menschen hin, denen ich deinem Willen nach helfen soll, für die ich beten und mit denen ich reden soll? Gebrauche mich, Vater. Gib mir die Stärke und eine Vision dafür, etwas positiv zu verändern. Ich möchte, dass die Menschen sehen, wie groß du bist. Ich möchte, dass die Leute sehen, dass mit dir *alles* möglich ist. Ich vertraue auf dich, Herr.

In Jesu Namen, amen.

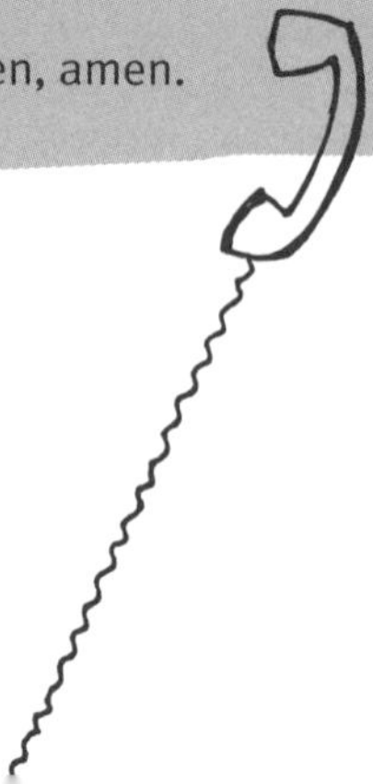

KAPITEL 3

Eine Telefonleitung, die nicht unterbrochen wird

Jesus sagt: Ich habe euch genauso geliebt, wie der Vater mich geliebt hat. Bleibt in meiner Liebe.

Johannes 15,9

Stell dir vor, du nimmst an einer Quizshow teil.

Du sitzt auf dem »heißen Stuhl« der Sendung »Wer wird Millionär« und hast bereits 14 Fragen richtig beantwortet.

Jetzt starrst du auf die letzte.

Die Eine-Million-Frage

Zwei deiner Joker hast du schon verspielt, und dir wird klar:

Du weißt die Antwort nicht.
Du hast absolut keine Ahnung.

Du greifst nach deinem letzten Joker, dem Telefonjoker. Du bittest den Moderator, dich mit deinem besten Freund zu verbinden. Du bist sicher, dass dein Freund weiß, wie viele Kohlenstoffatome sich in einem Glukosemolekül befinden.

Der Moderator wählt die Handynummer deines Freundes.

Das Telefon klingelt.

Es klingelt noch einmal. Du wischst dir den Schweiß von der Stirn.

Schließlich hörst du, wie dein Freund sich am Telefon meldet. Der Moderator erklärt den Grund für den Anruf. Dein Freund lacht und sagt: »Klar weiß ich die Antwort darauf. Es sind …«

Und dann kommt nichts mehr.

Das Telefonat wurde unterbrochen.

Dein Freund ist nicht länger in der Leitung.

Und dir sind eine Million Mäuse durch die Lappen gegangen.

Mist.

In einem Glukosemolekül befinden sich sechs Kohlenstoffatome.

Was für eine Verbindung hast du in deiner Beziehung mit Gott? Eine Dauerkommunikation oder ein Haufen unterbrochener Leitungen und schlechter Verbindungen?

Ungefähr die halbe Weltbevölkerung benutzt Handys. Die Anzahl der Mobiltelefonbenutzer mit Vertrag weltweit betrug Ende 2005 über zwei Milliarden.[8] Ende 2011 waren es weltweit sogar fast sechs Milliarden.[9] In Deutschland betrug die Anzahl der Mobilfunkanschlüsse am Ende des Jahres 2011 114,13 Millionen.[10]

Bevor du dich mit Jesus auf ein weltveränderndes Abenteuer begeben kannst, musst du mit ihm verbunden sein. Lerne ihn kennen. Du willst doch nicht den Rest deines Lebens mit jemandem unterwegs sein, den du nicht gut kennst, oder? Du möchtest doch die besten Zeiten deines Lebens mit einem liebenden Vater verbringen – mit jemandem, der für dich sorgt und dich beschützt. Mit einem, der dir zuhört und dich bedingungslos liebt. Eine solche Beziehung will Jesus mit dir haben.

Du und er ...
Leute treffen, irgendwo hinfahren, Dinge verändern ...
das alles könnt ihr miteinander teilen.

JENNA

Alles war gepackt.

Badeanzug? Ja. Shorts? Ja. Sonnencreme? Ja.

T-Shirts? Ja. Das war's. Mehr brauchte ich nicht. Schließlich wollte ich Strandurlaub machen. Was sonst sollte man da mitnehmen?! Okay, vielleicht etwas Zahnseide. Aber wer braucht Shampoo oder Deo? Ich lebe dann ja quasi im Wasser, also gibt es keinen trockenen Moment, um irgendeinen Körpergeruch wahrzunehmen oder die fettigen Haare zu sehen. (Du musst jetzt wahrscheinlich ein bisschen schmunzeln). Um ehrlich zu sein, ich habe Shampoo und Deo eingepackt. Aber um noch ehrlicher zu sein: Ich hasse es zu duschen, mich chic anzuziehen und Make-up zu tragen. Deshalb liebe ich das Strandleben.

Ich hatte also alles, was ich brauchte, eingepackt und war fertig zur Abreise. Wir fuhren zum Flughafen. Ja, ich hatte auch mein Flugticket, etwas zu essen und meine Bücher dabei. Ich dachte, ich sei für den Urlaub startklar – bis mein Vater uns nach unseren Ausweisen fragte.

Ich nahm zuversichtlich meinen Geldbeutel raus und wühlte mich durch die Karten. Kreditkarte, Geschenkkarte, Tankstellenkarte … aber kein Führerschein, kein Ausweis. Das Herz rutschte mir in die Hose. Ich hatte gedacht, ich sei bereit. Ich hatte gedacht, dass ich alles dabeihätte. Weg war sie, meine Fahrkarte zum Abenteuer.

Hätte ich Ozeangeräusche auf iTunes runterladen, mich an den Rand des nächsten Pools auf mein Handtuch setzen, eine Cola trinken und so tun können, als wäre ich am Strand? Sicher. Aber das wäre nicht dasselbe gewesen. Nicht halb so schön.

Kein Blick auf das endlose Wasser und den klaren blauen Himmel. Nur ein 1,50 Meter tiefer Pool und der Dunst der Stadt.

Jesus ist die Fahrkarte zum Abenteuer. Er schenkt Erfüllung, Freude und die übernatürliche Kraft, Herzen zu ändern, wenn wir daran denken, ihn bei unserem Streben nach Veränderung mit einzubeziehen – wenn wir die Verbindung nicht unterbrechen.

Können wir auch ohne Gott anderen helfen? Sicher.

Aber die Erfahrung ist dann nicht halb so schön.

Glücklicherweise musste ich nicht am nächsten Pool rumhängen. Ein Freund brachte meinen Ausweis gerade rechtzeitig vor dem Abflug zum Flughafen. Zum Glück brauchen wir für das wahre Abenteuer gar nichts einzupacken. Alles, was wir dafür brauchen, ist Jesus. Rede einfach mit ihm, und er wird immer da sein – bereit zum Aufbruch.

JENNA

Wenn du immer daran denkst, Gott überall mit hinzunehmen, wo du hingehst, wirst du dich verändern – auf eine gute Art. Er wird dir helfen, netter zu Klassenkameraden zu sein, die dich ärgern, deinen Eltern zu gehorchen, auch wenn sie dir auf den Wecker gehen, und begeistert dein Geld oder deine Zeit zu spenden, um anderen zu helfen.

Gottes Liebe lässt dein Herz mitfühlend werden.
Sie ändert deine Haltung.
Und sie schafft eine neue und verbesserte Version von dir.

Er ist der echte Joker.

Gott ist deine Rund-um-die-Uhr-Möglichkeit, einen Freund anzurufen. Gott sagt: »Ruf mich, dann will ich dir antworten und will dir gewaltige und unglaubliche Dinge zeigen, von denen du noch nie gehört hast« (Jeremia 33,3).

So sieht eine echte Beziehung mit Jesus aus:

Zehn Gründe, warum es toll ist, Zeit mit Jesus zu verbringen

1. Er sagt immer nette Dinge über dich.
2. Er streitet nie mit dir oder wird so wütend, dass er nicht mehr mit dir redet.
3. Er ist die wahre Liebe, die sich nie von dir trennt oder dein Herz bricht.
4. Er schenkt dir mehr, als jeder andere es je getan hat.
5. Er hört sich jedes Wort an, das du sagst, und versteht alles, was du fühlst.
6. Er kann es nicht abwarten, mit dir irgendwo hinzugehen und etwas zu unternehmen.

7. Er hat Einladungen zu den aufregendsten Orten und nimmt dich dahin mit.
8. Er mag dich so, wie du bist. Er täuscht das nicht nur vor oder erzählt dir einfach das, was du hören willst. Für ihn bist du einfach total wunderbar.
9. Er hört dir zu, wenn du ihm alle falschen Dinge, die du je getan hast, bekennst, und du musst dabei vor Scham nicht im Erdboden versinken.
10. Er vergibt dir und bringt deine Fehler nicht mehr zur Sprache!

Wissenschaftliche Studien haben ergeben, dass Vergebung gesund fürs Herz ist sowie hohen Blutdruck und Stress verringert.
www.Mayoclinic.com

Jesus wurde für diese Welt geboren.
Er wurde geschlagen, verwundet und auf der Hinrichtungsstätte Golgatha getötet. Er ging durch das Feuer von Gottes Zorn, um unsertwillen. »Christus hat gelitten, als er ein für alle Mal für unsere Sünden starb. Er hat nie gesündigt, aber er starb für die Sünder, um uns zu Gott zurückzubringen. Sein Körper starb, doch er wurde wieder zum Leben erweckt und lebt nun im Geist« (1. Petrus 3,18).

Hast du Gottes Vergebung angenommen?

Möchtest du eine solche Beziehung mit Gott nicht allezeit haben? Nun, wenn du Kontakt zu Jesus aufnimmst, dann wirst du das! Dann kannst du ihn jedem vorstellen, den du kennst. Jedem, den du unterwegs triffst. Denn es ist so: Wenn du einen Vater hast, der bewirkt, dass du dich großartig fühlst und dass das Leben schön und aufregend ist, willst du dann nicht, dass andere das Gleiche erleben? Wenn du Gott liebst, dann kannst du seine erstaunliche Liebe weitergeben, wo immer du auch hingehst. Seine Liebe ist ansteckend. Sie verändert etwas.

Ein Vers im ersten Johannesbrief bringt das folgendermaßen auf den Punkt: »Wer aber nicht liebt, kennt Gott nicht – denn Gott ist Liebe« (1. Johannes 4,8).

Hast du den letzten Teil begriffen? Gott *ist* Liebe. Wenn du in Mathe bei Textaufgaben das Wort »ist« siehst, weißt du (oder solltest zumindest wissen), dass es »gleich« bedeutet.

Gott = Liebe

Wenn du Gott kennst, dann wirst du echte Liebe erfahren, die du dann weitergeben kannst.

JENNA

Da ich in einem christlichen Elternhaus aufwuchs, schien mir der Glaube anfangs einfach zuzufallen. Ich glaubte an Gott und wusste, dass er mich liebt, aber ich hatte mich nicht darum gekümmert, seine Liebe *persönlich* kennenzulernen. Weil ich keine Beziehung zu Gott hatte, ließ mein Glaube allmählich nach. Ich hatte keine richtige Verbindung. Ich hing mit Leuten rum, die sich nicht weiter für Gott interessierten, und ließ zu, dass ihr Lebensstil mich beeinflusste. Ich ließ mich von Klatsch und Tratsch vereinnahmen und bekam Jungs nicht mehr aus meinem Kopf. Gott war mir nicht wichtig.

Ich machte sogar eine Phase durch, in der ich seine Existenz generell anzweifelte. An diesem Punkt hatte ich ein absolutes Tief.

Ich war leer, ohne Hoffnung. Ich wusste, dass ich irgendwie mehr wollte. Schließlich brach ich zusammen und sagte Gott, dass ich ihn brauchte. Und er hat sich mir auf neue Art gezeigt. Diese neue Art war persönlich. Es war nicht mehr der Glaube meiner Eltern, es war mein eigener, denn ich verbrachte Zeit damit, den wahren, persönlichen Gott *kennenzulernen*.

Er starb für mich. Auch als ich nichts mit ihm zu tun haben wollte, ihn im Stich ließ, ihn von mir wies, hat er mich niemals abgelehnt. Niemand auf der Erde könnte mich *jemals* so umfassend, tief und treu lieben wie Jesus Christus. Jesus lebte ein perfektes Leben, doch er starb den Tod eines Sünders (den Tod, den ich verdient hätte). Dann besiegte er den Tod, damit ich für immer mit ihm leben kann.

Je mehr Zeit ich mit Gott verbrachte, desto mehr erzählte ich anderen von ihm. Ich konnte nichts dagegen tun! Wenn man die überströmende, erfüllende Liebe Gottes kennt, dann lässt man sie zu anderen weiterfließen. Warum sollte man solche guten Nachrichten für sich selbst behalten?

JENNA

Jetzt ist es Zeit, noch mal zu fragen: Wie steht es mit deiner Verbindung zu Gott? Ist Jesus die *große* Geschichte deines Lebens? Wann bist du Teil seiner Geschichte geworden?

Hier findest du Platz, um deine Gedanken zum Stand deiner Beziehung mit Gott zu notieren. Wie würdest du sie dir wünschen?

Wenn du dich nicht daran erinnern kannst, Jesus je darum gebeten zu haben, ein Teil deines Lebens zu sein, möchtest du das jetzt tun? Er will eine Beziehung mit dir, und zwar genau so, wie du bist. Du musst nicht erst etwas Besonderes tun oder zuerst eine bessere Person werden.

Rede einfach mit ihm.

Bitte ihn, dir die Dinge zu vergeben, die du falsch gemacht hast.

Er wird es tun.

JENNA

Du könntest zum Beispiel so beten:

Gott, ich brauche dich.

Mir ist klar, dass in meinem Herzen ein ziemliches Durcheinander herrscht. Ich habe so viele Fehler gemacht. Ich habe mich an andere, ja sogar an mich selbst gehalten, um Glück und Sinn zu finden. Bitte vergib mir, dass ich mich nicht an dich, die Quelle des Lebens, gewandt habe.

Ich glaube, dass Jesus Christus der Sohn Gottes ist und dass er auf dieser Erde lebte, am Kreuz starb und wieder auferstand, damit ich eine Beziehung mit ihm haben und in den Himmel kommen kann. Bitte übernimm du die Leitung meines Lebens.

Ich möchte mein Vertrauen auf dich setzen.

Nimm mein Herz und verändere es.

Hilf mir, diese neue Beziehung mit dir zu leben. Danke, dass du mich so sehr liebst. Hilf mir, dich mehr zu lieben.

Amen.

Denn Gott hat die Welt so sehr geliebt, dass er seinen einzigen Sohn hingab, damit jeder, der an ihn glaubt, nicht verloren geht, sondern das ewige Leben hat (Johannes 3,16).

Kehrt euch ab von euren Sünden und wendet euch Gott zu. Lasst euch alle taufen im Namen von Jesus Christus zur Vergebung eurer Sünden. Dann werdet ihr die Gabe des Heiligen Geistes empfangen (Apostelgeschichte 2,38).

MAX

Gott handelt nicht so, wie wir es eigentlich verdient hätten. Er hat die Welt mit seiner Gnade überschüttet. Sie kennt kein Ende. Sie ist grenzenlos. Sie durchströmt dieses Leben mit Kraft und ermöglicht uns, das nächste zu leben. Gott bietet zweite Chancen an – genau wie eine Suppenküche jedem, der bittet, etwas zu essen gibt. Und das schließt dich mit ein.

MAX

Laras Geschichte

Lara entschied sich, mit Jugend für Christus (JFC) für 6 Monate einen Freiwilligendienst in Delaware (USA) zu machen. Dort arbeitete sie in einem Zentrum für Jugendliche.

Von ihren Erfahrungen dort berichtet sie:

»Die Teens hier gingen lieblos und gewaltsam miteinander um. Sie beschimpften sich. Aber ich wusste, dass ihr Verhalten nur eine Reflexion ihres Alltags war – eine Reflexion der Dinge, die sie im Alltag beschäftigten und die sie sich zum Teil in ihren eigenen Familien anschauen mussten. Nach einiger Zeit erkannte ich, dass diese Teens nicht einfach böse waren, sondern dass sie innerlich nach Liebe und Aufmerksamkeit schrien.

Nach viel Gebet und auch persönlichen Gesprächen mit den Teens kann ich jetzt nach fünf Monaten zurückschauen und sehe: Die Atmosphäre im Zentrum hat sich total verändert. Das Zentrum ist ein Ort der Freude, des Lachens, der Spiele, Gespräche und der Freundschaften geworden. Natürlich musste ich hier und dort schimpfen und Streit schlichten, aber das Gesamtbild hat sich positiv verändert.

Lara Matz

Eines der Mädchen im Zentrum heißt Marquira – ich möchte euch ein wenig von ihr erzählen.

Marquira und ich haben uns direkt gut verstanden. Wir hatten viele Mädchengespräche und haben eine Freundschaft aufgebaut. Marquira war 13 Jahre alt. Plötzlich entschied sie sich dann, dass die Beziehung uncool sei und zeigte von da an keinen Respekt mehr uns Mitarbeitern gegenüber. Sie wollte beliebt bei anderen sein und entwickelte sich zum »Klassenclown«.

Über Wochen redete Marquira nicht mit mir und somit war ich sehr überrascht, als sie eines Tages auf mich zukam und ein Gespräch suchte. Sie sagte, dass sie sich verändern wolle. Sie merkte, dass sie Einfluss auf die anderen ausübte und wollte, dass dieser Einfluss positiv ist. Sie sagte auch, dass viele Teens hier im Zentrum mit Ärger und Frustration lebten und sich dies oft in Gewaltbereitschaft zeige.

Marquira hat sich geändert und ihre Umgebung beeinflusst. Später schrieb sie in einem Statement über das JFC-Zentrum: ›Das Jugendzentrum ist ein sehr guter Ort, denn es hilft uns, bessere Menschen zu werden und unsere Umgebung positiv zu verändern.‹«[11]

Es ist manchmal schwer zu spüren, dass es Jesus wirklich gibt, wenn man nie wirklich etwas gebraucht hat. Wenn dein Leben bequem ist, was muss dann gerettet werden? Wenn du Gott auf eine Weise erfahren willst, wie du es nie zuvor getan hast, dann sieh dir wahres Leid an. Geh auf einen kurzen Missionseinsatz, um anderen in sehr armen Ländern zu helfen. Wenn du Menschen siehst, die Gott lieben, weil er alles ist, was sie haben, dann wird dein Glaube gestärkt, während du ihnen hilfst. Christliche Missionsgesellschaften, bei denen Teenager bei Einsätzen auf der ganzen Welt mitmachen können, sind »OM Deutschland«, »Jugend mit

einer Mission« oder »ProjectServe«.
Geh auf www.d.om.org, www.jmem.de
oder www.projectserve.de.

Sobald du eine echte Beziehung mit Jesus hast, kannst du ihn anderen vorstellen. Schließlich ist es doch so: Wenn wir es nicht tun, wer soll es dann tun?

MAX

Regierungen können Menschen mit Nahrungsmitteln und anderem Notwendigen versorgen, aber sie können nicht die Seelen der Menschen ernähren. Hilfsorganisationen können ein Bett, eine Mahlzeit und gute Ratschläge verteilen, doch Leute, die Jesus nachfolgen, können viel mehr geben: nicht nur Hilfe für dieses Leben, sondern Hoffnung auf das nächste.

MAX

Keine gekappte Verbindung. Die Beziehung mit Gott ist wie eine Rettungsleine, die nie reißen wird. Anders als beim Handy kann deine Verbindung mit Gott immer stark sein. Ein Anruf bei Gott wird nie unterbrochen.

Und das ist weit mehr wert als eine Million Euro.

Deshalb:

Kannst du ihn hören?
Kannst du ihn jetzt hören?

Gott war in Christus und versöhnte so die Welt mit sich selbst und rechnete den Menschen ihre Sünden nicht mehr an. Das ist die herrliche Botschaft der Versöhnung, die er uns anvertraut hat, damit wir sie anderen verkünden. So sind wir Botschafter Christi, und Gott gebraucht uns, um durch uns zu sprechen. Wir bitten inständig, so, als würde Christus es persönlich tun: Lasst euch mit Gott versöhnen! Denn Gott machte Christus, der nie gesündigt hat, zum Opfer für unsere Sünden, damit wir durch ihn vor Gott gerechtfertigt werden können.

2. Korinther 5,19–21

Gott, gib mir den Mut, um meinen Glauben mit meinen Freunden zu teilen. Gib mir die Sehnsucht danach, dir zu dienen. Du versprichst, dass du dich uns näherst, wenn wir uns dir nähern (Jakobus 4,8). Hilf mir, dass ich daran denke, mich in jeder Lage an dich zu halten, sodass deine Liebe in alle Bereiche meines Lebens fließen kann. Danke, dass du ein persönlicher Gott bist. Danke, dass du mich hörst, wenn ich bete. Ich vertraue dir.

In Jesu Namen, amen.

KAPITEL 4

Schatzsuche

Doch während Petrus im Gefängnis saß, betete die Gemeinde inständig für ihn zu Gott.

Apostelgeschichte 12,5

Kennst du zwei Wörter, die bei allen, die sie hören, eine Gänsehaut verursachen?

Wir schon.

Willst du wissen, welche es sind?

Okay, hier sind sie:

Versteckter Schatz.

Diese zwei Wörter haben deine Fantasie angeregt, oder? Es sind nur zwei Wörter, aber sie stecken voller Möglichkeiten.

Goldmünzen.
Juwelen.
Vielleicht sogar ein Piratenschatz.

Stell dir mal vor:

Wenn du deine Beziehung mit Gott vertiefst, dann hast du dein ganz persönliches Geheimfach mit einem versteckten Schatz. Das ist wirklich wahr. Dieser Schatz ist strahlender als jeder Klunker irgendeines Hip-Hop-Stars. Er wartet nur darauf, von dir entdeckt zu werden.

Er heißt GEBET.
Er ist kraftvoll.
Er kostet nichts.
Und er ist genau das, was die Welt braucht.

Auf Schatzkarten zeigt ein X oft den Ort an, an dem der versteckte Schatz gefunden werden kann. X ist auch ein Symbol für den griechischen Buchstaben Chi, der oft als Abkürzung für Christus benutzt wird. X zeigt den Platz, wo dein versteckter Schatz zu finden ist.

MAX

Die Bibel ist voller Beispiele für die Kraft, die echtes, ernst gemeintes, ausdauerndes Gebet hat. Lass uns zurück ins alte Israel gehen, um die Urgemeinde zu besuchen, von der in der Apostelgeschichte die Rede ist.

Petrus war im Gefängnis, und König Herodes plante, ihn zu töten. Das war ein großes Problem für die ersten Christen. So groß, als würde ein Goliath über der kleinen Gemeinde thronen. Sie hatten keine Möglichkeit, Paulus zu helfen: keinen Einfluss, keine politische Macht, die sie hätten ausspielen können. Sie hatten nichts als furchterfüllte Fragen: »Wer kommt als Nächstes dran? Erst Jakobus, dann Petrus. Wird Herodes alle Leiter der Kirche beseitigen?«

Heute haben die Nachfolger Jesu immer noch mit Goliaths zu tun: Welthunger. Geizige Christen. Korrupte Beamte. Hartherzige Diktatoren mit Erbsenhirnen.

Petrus im Gefängnis ist nur die erste aus einer langen Liste von Herausforderungen, die zu groß für die Gemeinde waren. Deshalb haben uns unsere Vorgänger in Jerusalem eine Strategie gezeigt: Wenn das Problem größer ist als wir selbst, dann beten wir! »Doch während Petrus im Gefängnis saß, betete die Gemeinde inständig für ihn zu Gott« (Apostelgeschichte 12,5).

Sie bewachten weder das Gefängnis, noch plädierten sie an die Regierung.

Sie protestierten nicht gegen die Inhaftierung oder bereiteten Petrus' Beerdigung vor.

Sie beteten.

Sie beteten, als ob Gebet ihre einzige Hoffnung wäre. Und so war es auch.

Sie beteten »inständig für ihn«.

MAX

Gebet hilft dir dabei, die Welt von Grund auf zu verändern. Gott wartet darauf, dass du mit ihm redest. Über deinen Tag. Über deine Freunde. Über deine Hoffnungen, Träume und sogar deinen momentanen Schwarm.

Er will deine Probleme hören,
und er will dir seine Pläne zuflüstern.
Das stimmt echt!
Wenn du dir Zeit nimmst, um mit ihm zu reden,
und wenn du ruhig genug bist, um ihm zuzuhören,
dann wirst du bald wissen, wann Gott zu deinem
Herzen spricht.

Du wirst wahrscheinlich keine laute Stimme hören, aber du wirst es merken, wenn Gott dir Frieden, Freude, Liebe und Verständnis schenkt.

Ist es nicht erstaunlich, dass der Gott, der das ganze Universum erschuf, möchte, dass du ihn um alles bittest, was du brauchst? Du bist ihm so wichtig, dass er sehnsüchtig darauf wartet, mit dir zu reden – und zwar ständig. Was sagst du dazu? Gott wartet darauf, sich mit dir zu unterhalten!

Okay, manchmal fühlt sich Beten so an, als würde man mit Luft reden, besonders wenn wir die Gewohnheit haben, einen Kinderreim vor dem Zubettgehen runterzubeten und schnell noch ein oder zwei gut geübte Zeilen vor dem Essen aufzusagen.

Was würde passieren, wenn wir wirklich beteten?

Wenn Reden mit Gott etwas wäre, das wir so natürlich und oft täten wie Atmen – wie würde das unser Leben und die Welt um uns herum verändern?

Betet immer und in jeder Situation mit der Kraft des Heiligen Geistes. Bleibt wachsam und betet auch beständig für alle, die zu Christus gehören (Epheser 6,18).

Studien, die an den Harvard-, Duke- und Yale-Universitäten durchgeführt wurden, haben ergeben, dass das Gebet heilende Kraft hat. Hier ein Beispiel: Menschen, die im Krankenhaus liegen und nicht zur Kirche gehen, bleiben dort durchschnittlich dreimal so lange wie regelmäßige Kirchgänger.

MAX

Gott hat die Welt mit einem Kraftpotenzial ausgestattet, aber er bittet *uns* darum, den Schalter umzulegen.

Und die ersten Christen in Jerusalem haben genau das getan.

Die Gemeinde hat sehr inständig für Petrus gebetet.

MAX

Unsere leidenschaftlichen Gebete bewegen das Herz Gottes. Gebet hat einen Einfluss auf den Gang der Geschichte.

Emily Chapman Richards hat die Kraft des Gebets erfahren. Ihre Gebete für eine kleine Schwester ließen sie ein weltweites Abenteuer erleben.

Emilys Geschichte

Als Emily Chapman elf Jahre alt war, nahm sie an einem Missionseinsatz in Haiti teil, wo sie die Nöte verwaister Kinder mit eigenen Augen sah. Das hat ihr Leben verändert.

»Vor meiner Reise nach Haiti war ich noch nie außerhalb der Vereinigten Staaten gewesen«, erzählte uns Emily.[12] »Während ich in den Straßen Haitis herumlief und mit den Menschen sprach, wurden meine Augen für die bittere Realität der Ar-

Emily Chapman Richards und ihre drei Schwestern, die aus China adoptiert sind.

mut geöffnet. Ich traf Kinder in meinem Alter, die kein Zuhause hatten, zu dem sie hätten gehen können, Kinder, die sich fragten, wie sie es bis zur nächsten Mahlzeit, bis zum nächsten Tag schaffen sollten.«

Etwa neun Millionen Menschen leben in Haiti, dem ärmsten Land in Nordamerika, in Südamerika oder den dazugehörigen Inseln. Die Hauptstadt heißt Port-au-Prince. Am 12. Januar 2010 wurde Port-au-Prince durch ein Erdbeben verwüstet, das auf der Richterskala den Wert sieben hatte. Schätzungsweise 150 000 Menschen kamen dabei ums Leben. 30 000 Kinder blieben ohne Eltern zurück.

Emily erzählte weiter: »Ich kehrte nach Amerika mit offenem, sehendem Herzen zurück. Ich war mir Gottes weltweiter Arbeit bewusst geworden. Ich glaube ehrlich, dass Gott mir während meines Aufenthalts in Haiti ein Herz für die Waisen gegeben hat. Weil ich betete und Gott suchte, begann ich zu verstehen, dass Christus durch mich in der Welt etwas positiv verändern könnte.«

Sobald Emily wieder zu Hause war, kam ihr die Idee, dass ihre Familie eine kleine Schwester adoptieren könnte. Emily hatte zwei jüngere Brüder, und ihre Familie hatte die Mittel, um einem weiteren Kind ein Zuhause zu bieten.

»Nach meiner Reise nach Haiti begann ich einfach Gott zu fragen, wie ich auf die enorme Not, die ich gesehen hatte, reagieren sollte«, berichtete Emily. »Ich war nur elf Jahre alt. Was könnte ich schon für die über 130 Millionen Waisen auf der Welt tun?«

Ihre Eltern waren von der Idee nicht so begeistert wie Emily. Dennoch bestand sie darauf. Sie verwendete ihr Weihnachtsgeld, um ein Buch über Auslandsadoptionen zu kaufen, und las es ihrer Mutter vor, wenn sie mit ihr im Auto unterwegs war. Sie hinterließ Notizen über das Thema auf den Kopfkissen im Schlafzimmer ihrer Eltern und erzählte ihnen sogar, dass sie nicht Gottes Willen täten, weil es schließlich in der Bibel heiße, dass man sich um die Waisen kümmern solle! Sie war so überzeugt, dass ihre Familie ein Kind adoptieren sollte und ihre Eltern das einfach nicht verstanden, dass sie einen Termin mit ihrem Pastor ausmachte. Sie fragte ihn, was sie tun solle, um ihre Eltern zu einer Adoption zu bewegen. Er ermutigte sie herauszufinden, was Gott für ihre Familie wollte und nicht nur, was sie wollte, und weiter dafür zu beten. Das tat sie. Sie betete und betete.

So langsam verstanden ihre Eltern, dass Adoption vielleicht ein Teil ihrer Familiengeschichte werden sollte. Heute hat die Familie drei adoptierte Töchter aus China. Darüber hinaus hat sie eine Organisation gegründet, die *Show Hope* heißt und mit Zuschüssen anderen Eltern bei Adoptionen hilft (umsonst!).

»Maria's Big House of Hope« in Luoyang, China

Show Hope sponsert auch Waisen, hilft Kirchen dabei, Adoptions-Hilfsdienste zu gründen, und hat sogar ein Waisenhaus in China für Kinder mit besonderen Bedürfnissen gebaut. Es heißt *Maria's Big House of Hope*.

Weil eine Elfjährige treu und ausdauernd gebetet hat,
bekam sie nicht nur eine kleine Schwester,
sie bekam drei.

Weil sie treu und ausdauernd gebetet hat,
haben jetzt Hunderte Kinder mit besonderen Bedürfnissen einen warmen, sicheren Ort, an dem sie leben können.

Hunderte Kirchen lernen, wie sie Familien in ihrer Umgebung bei der Adoption helfen können, und

Tausende Kinder finden Familien.

»Unterschätze nie die Kraft des Gebets!«, sagt Emily. »Während es einerseits wichtig ist, sich bei evangelistischen Veranstaltungen und Missionseinsätzen zu engagieren, muss uns andererseits klar sein, dass alles, was wir tun, nur möglich ist, weil Christus in und durch uns lebt. Die Statistiken sind lähmend, und wir können die Arbeit nicht allein tun; deshalb ist es wichtig, Gott um Hilfe und Leitung zu bitten, um den Leidenden helfen zu können.«

Heute ist Emily verheiratet und besucht eine Bibelschule in Nordirland. Sie arbeitet für *Show Hope* und will eines Tages selber Kinder adoptieren. Und sie betet immer noch. Sie weiß, dass es wirkt! Es ist ein unbezahlbarer Schatz.

Du kannst das Leben eines Kindes verändern, indem du eine Patenschaft für ein Waisenkind übernimmst (»World Vision Deutschland«, www.worldvision.de, oder »Compassion Deutschland«, www.compassion-de.org), für Waisen betest, Geld für eine Organisation sammelst, die sich um Waisenkinder

kümmert, oder einen Waisenhilfsdienst in deiner Kirche gründest.
Schreibe den Vers aus Jakobus 5,16 ab und hänge ihn an deinen Spiegel, deinen Garderobenschrank oder irgendwo, wo du ihn häufig siehst. Lerne ihn auswendig.

Bekennt einander eure Schuld und betet füreinander, damit ihr geheilt werdet. Das Gebet eines gerechten Menschen hat große Macht und kann viel bewirken (Jakobus 5,16).

Haben diese Gebete für Petrus auch etwas bei der ersten Gemeinde in Jerusalem verändert? Und wie! Die Gemeinde schrie zu ihrem liebenden Vater, und er hat geantwortet.

MAX

In der Nacht vor der Verhandlung schlief Petrus angekettet zwischen zwei Soldaten. Vor dem Gefängnistor hielten weitere Soldaten Wache. Plötzlich erschien ein strahlendes Licht in der Zelle, und ein Engel des Herrn stand vor Petrus. Der Engel stieß ihm in die Seite, um ihn zu wecken, und sagte: »Schnell! Steh auf!« Und die Ketten fielen von seinen Handgelenken. Dann sagte der Engel zu ihm: »Zieh dich an und schnüre deine Sandalen.« Das tat Petrus. »Und nun nimm deinen Mantel und folge mir«, befahl der Engel (Apostelgeschichte 12,6–8).

Petrus lief völlig überwältigt zu Marias Haus. Sie hielt zu dieser Stunde in ihrem Haus ein Gebetstreffen für ihn ab. Das Haus war voll mit seinen Freunden. Petrus lächelte sicher still in sich hinein, als er ihre Gebete hörte. Er klopfte an die Tür. Die Dienerin ging hin, doch statt die Tür zu öffnen, raste sie zurück zu den Betenden:

> »Petrus steht vor der Tür!«, rief sie. »Du bist von Sinnen«, meinten die anderen. Und als sie darauf beharrte, kamen sie zu dem Schluss: »Es muss wohl sein Engel sein« (Verse 14–15).

Sogar den ersten Christen fiel es schwer zu glauben, dass Gott sie hören würde. Selbst als die Antwort direkt an die Tür klopfte, zögerten sie.

Das tun wir auch heute noch.

Die meisten von uns haben Mühe mit dem Beten. Wir vergessen zu beten, und wenn wir doch dran denken, rattern wir eilig einige Sätze herunter. Wir verlieren den Faden, unsere Gedanken verwehen wie Blätter im Wind. Warum passiert das? Das Gebet bedarf doch nur eines geringen Aufwands. Du musst nicht an einem bestimmten Ort beten. Du musst keine besondere Kleidung tragen. Du musst nicht eine bedeutende Persönlichkeit sein, damit Gott dich hört. Dennoch scheint es, als würden wir gegen Windmühlen kämpfen.

Wo wir gerade von Windmühlen sprechen: Der Satan versucht ebenso, unsere Gebete zu unterbrechen. Er kann den Engel in Petrus' Zelle und die Erweckung in Jerusalem bezeugen. Der Satan weiß, was passiert, wenn wir beten: »Wir setzen die mächtigen Waffen Gottes und keine weltlichen Waffen ein, um menschliche Gedankengebäude zu zerstören« (2. Korinther 10,4).

Der Satan verliert nicht den Faden oder beginnt zu taumeln, wenn wir durch die Kirchentür oder zu unserer Jugendgruppe gehen. Die unsichtbaren Mächte werden noch nicht nervös, wenn du dieses Buch liest. Aber die Höllenwände werden erschüttert, wenn ein Teenager mit ehrlichem Herzen treu bezeugt: »Gott, du bist so wunderbar.«

Satan hält dich und mich vom Gebet ab. Er versucht, sich zwischen uns und Gott zu stellen. Doch wenn wir Gottes Nähe suchen, macht ihn das rasend wie einen kopfscheuen Hund. Also, lass uns weitermachen.

MAX

Das passiert mit unserer Verbindung zu Gott, wenn wir beten:

> Deshalb ordnet euren Willen Gott unter! Widersteht dem Teufel, und er wird euch verlassen. Kommt zu Gott, und Gott wird euch entgegenkommen (Jakobus 4,7–8).

> Der Herr ist allen nahe, die ihn anrufen, allen, die ihn aufrichtig anrufen (Psalm 145,18).

> Lasst uns deshalb zuversichtlich vor den Thron unseres gnädigen Gottes treten. Dort werden wir Barmherzigkeit empfangen und Gnade finden, die uns helfen wird, wenn wir sie brauchen (Hebräer 4,16).

Du kannst mit offenen oder geschlossenen Augen beten. Du kannst deinen Kopf beugen oder hochhalten. Du kannst Gebete singen oder schreiben oder Gebete aus Gebetsbüchern oder Gesangbüchern aufsagen (die es oft in Kirchen gibt).

JENNA

Ich brauchte eine Weile, bis ich verstand, dass Beten keine Flaschengeistmagie ist. Meine Gebete waren früher kurz und klangen meist so: »Gott, *bitte* gib mir eine Eins in dieser Mathearbeit!«, oder: »Gott, bitte lass diesen Typ mich bemerken«. Ich meine jetzt nicht, dass es schlecht ist, für sich selbst zu beten, aber ich meine schon, dass man seine Motive hinterfragen sollte.

Betest du, damit dir deine Wünsche erfüllt werden oder damit Gottes Wille geschieht?

Gebet braucht Übung. Es geht nicht nur ums Reden, es geht auch ums Zuhören. Wenn eine wechselseitige Unterhaltung zwischen uns und Gott stattfindet, dann wird uns schnell klar, dass wir manchmal für die falschen Dinge beten.

Meine Freundin Melanie hat viel Ärger mit ihren Eltern, besonders mit ihrer Mutter. Es herrscht ständig Streit bei ihr zu Hause. Wenn du sie triffst, dann wette ich, dass sie dir erzählen würde, dass ihre Gebete vor ein paar Jahren so klangen: »Gott, bitte zeig meiner Mutter einfach, dass sie falsch liegt, dass ich recht habe – und bitte: Halt sie fern von mir!« Aber je mehr Melanie sich mit der Bibel beschäftigte, Zeit mit Gott verbrachte und ihm zuhörte, desto mehr wurde ihr klar, dass ihre Gebete einem verhärteten Herzen entsprangen. Gott zeigte ihr, dass sie zuerst für ihr eigenes Herz beten sollte und dann für das ihrer Mutter. Und das funktionierte! Er beantwortete Melanies Bitten um Frieden zu Hause – aber auf völlig andere Art. Inzwischen sind ihre Gebete mehr im Einklang mit Gott.

Gebete verändern nicht nur das Leben der anderen, sie verändern auch uns. Sie bringen uns mehr auf eine Linie mit Gottes Wünschen, sodass wir wollen, was er will. Und was er will, ist am Ende immer das Beste.

JENNA

Das Gebet ist unsere Basis. Davon ausgehend können wir etwas positiv verändern. Zu versuchen, die Welt ohne Gebet zu verändern, ist so, als wollte man einen neuen iPod benutzen, ohne die Batterien aufzuladen. Du musst an der Kraftquelle angeschlossen sein, bevor du etwas bewegen kannst.

MAX

Also:

Lass uns *zuerst* beten.

Du möchtest einem Freund bei seinem Beziehungsdrama helfen? Bete zuerst. Du willst dich einem Raufbold entgegenstellen? Sprich mit Gott darüber. Du hast vor, eine Reise zu machen, um den Hungrigen zu helfen? Achte darauf, dass deine Mission durch Gebet begleitet wird. Bist du es leid, in einer Welt voller Rassismus und Streit zu leben? Gott geht es ebenso. Und er würde gern mit dir darüber sprechen.

Nimm dir ein Notizbuch oder Tagebuch und schreibe die Dinge auf, für die du betest. Notier hinter jedem Eintrag das Datum. Erstelle eine Liste von den Gebetsanliegen und füge die Gebetserhörungen hinzu, wenn sie eintreffen. Blattere nach einem Monat zurück zur ersten Seite und danke Gott für die Veränderungen, die durch dein Gebet bewirkt wurden.

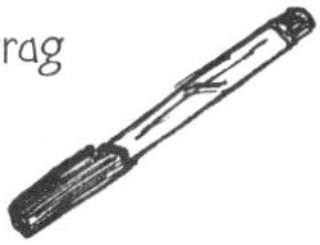

Lass uns *vor allem viel* beten.

Hat Gott uns aufgetragen, dauernd zu predigen? Oder ständig zu lehren? Oder dauernd zum Basketballtraining zu gehen? Oder die ganze Zeit zu singen?

Nein, aber er hat uns aufgerufen, dauernd zu beten:

> Hört nicht auf zu beten (1. Thessalonicher 5,17).

> Das nächste Mal, wenn du den ganzen Tag zu Hause bist, versuch ein Gebetsexperiment: Stell einen Wecker und bete jede Stunde. Schau mal, wie nah du dich Gott fühlst, nachdem du einen ganzen Tag mit ihm geredet und ihm zugehört hast!

Hat Jesus vielleicht verkündet: Mein Haus soll ein Haus des Studiums genannt werden? Der Gemeinschaft? Der Musik? Ein Haus der Aktivitäten? Nein, sondern er sagte:

> Mein Haus soll ein Ort des Gebets für alle Völker sein (Markus 11,17).

Keine andere geistliche Handlung garantiert solche Ergebnisse.

> Wenn zwei von euch hier auf der Erde darin eins werden, eine Bitte an Gott zu richten, dann wird mein Vater im Himmel diese Bitte erfüllen (Matthäus 18,19).

Wenn du etwas verändern willst, dann sprich mit Gott.

MAX

Wann hast du dich Gott im Gebet am nächsten gefühlt?

Welche Gebetserhörungen hast du persönlich erfahren?

Sogar Jesus, der Gottes Sohn und gleichzeitig Gott selbst ist, betete. Schau dir diese Verse mal näher an:

- Jesus wachte früh auf, um zu beten (vgl. Markus 1,35).
- Jesus schickte die Menschen weg, um allein zu beten (vgl. Matthäus 14,22-23).
- Jesus stieg auf einen Berg, um zu beten (vgl. Lukas 9,28).
- Jesus lehrte uns beten (vgl. Matthäus 6,9-13).
- Jesus reinigte den Tempel, damit andere beten konnten (vgl. Matthäus 21,12-13).
- Jesus ging in einen Garten, um zu beten (vgl. Lukas 22,39-46).

Lass uns Jesu Beispiel folgen und den versteckten Gebetsschatz heben. Lass uns ernsthaft beten, wie die Urgemeinde für Petrus betete. Denn Gott wird durch ein demütiges, andächtiges Herz bewegt.

Es ist mächtig.
Es ist unbezahlbar.
Es ist dein versteckter Schatz.

Hört nicht auf zu beten und Gott zu danken.

Kolosser 4,2

Wer bin ich, dass ich das Recht habe, zum Gott des Universums zu sprechen?! Wer bin ich, dass ich die Ehre habe, das Wort Gottes in meinen Händen zu halten? Doch du, Gott, kennst mein Herz. Ich bin nicht immer begeistert darüber, mit dir zu reden, und manchmal ist das Bibellesen langweilig. Bitte verändere mein Herz und gib mir eine größere Sehnsucht danach, mit dir zu sprechen, dir zuzuhören und das Leben mit dir zu teilen. Lege mir die Namen der Menschen aufs Herz, für die ich beten soll. Bitte erinnere mich daran, dass ich, bevor ich irgendetwas tue, im Gebet auf die Knie gehe. Darin liegt die Kraft. Das ist mein Schatz. Ich vertraue dir.

In Jesu Namen, amen.

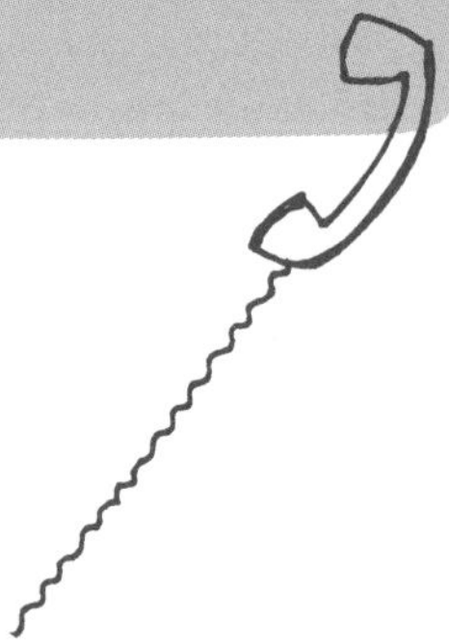

TEIL 2
DU WURDEST GESCHAFFEN, UM DICH UM ANDERE ZU KÜMMERN

Über drei Milliarden Menschen auf der Erde leben von weniger als jeweils zwei Euro pro Tag. Das ist weniger, als drei iTune-Downloads kosten.

Nimm die Stöpsel raus!

Denn ich weiß genau, welche Pläne ich für euch gefasst habe, spricht der Herr (Jeremia 29,11).

HILF JEMANDEM!

WIE SIEHT GOTT MICH?

Mit Gottes Hilfe will ich heute etwas verändern.

KAPITEL 5

Nimm die Stöpsel raus und höre hin

Er sorgte dafür, dass die Armen und Notleidenden zu ihrem Recht kamen – deshalb hatte er Erfolg mit dem, was er tat. Wer so lebt, zeigt, dass er mich richtig kennt, spricht der Herr.

Jeremia 22,16

JENNA

Geht es nur mir so oder hast du auch schon bemerkt, dass diese Welt verstöpselt ist – reingestöpselt, zugestöpselt – ganz einfach *verstöpselt* mit In-Ear-Kopfhörern?

Jedes Mal, wenn ich Lebensmittel einkaufe, reise, jogge oder nur die Straße runterlaufe, scheint es, als ob alle anderen irgendeine Art von Bluetooth, MP3-Player oder sonst einen Kopfhörer in den Ohren stecken haben. Natürlich mag ich auch gute iPod-Jamsessions. Ich bin dabei, wenn es einen Unterhaltungsfilm im Flugzeug gibt. Aber übertreiben wir nicht ein bisschen? Sind wir nicht ein bisschen zu Kopfhörer-glückselig?

Vielleicht ist es Zeit für uns, sie rauszunehmen.

Nimm die Stöpsel raus.

Nicht für immer. Ich will dir keine Art Hausarrest aufbrummen. (Ich klinge jetzt wahrscheinlich wie deine Eltern, oder?) Ich denke nur, wir alle brauchen ein wenig Urlaub von den Kopfhörern.

Und dieser Urlaub wird anders aussehen und *klingen* als ein zugestöpseltes Leben.

Ich will dich ein wenig auf die neuen Klänge und Perspektiven vorbereiten, die dich erwarten, wenn du eine Kopfhörer-Pause machst. Wenn du die Stöpsel rausnimmst.

Vielleicht kommt es dann dazu, dass du Sandra zuhören kannst. Sandra ist 45 Jahre alt, aber sie sieht aus wie 70. Sie lebt im Stadtzentrum unter einer Brücke. Sie kann sich nicht erinnern, wann sie das letzte Mal nüchtern war, aber sobald sie anfängt zu erzählen, wo sie gelebt und geschlafen hat und wen sie besucht hat, nimmt sie dich mit ihrer Geschichte gefangen. Sie ist eine echte Geschichtenerzählerin! Und ihr Lachen erst!

Oder vielleicht bemerkst du Jessica. Jessica ist die alleinerziehende Mutter vor dir an der Discounter-Kasse. Sie dachte, sie habe genug gespart, um ihrem Sohn ein paar Geburtstagsgeschenke zu kaufen, aber als die Kassiererin die Gesamtsumme ansagt, siehst du, wie sie innerlich versteift und flüstert: »Oh nein, das Geld hab ich gar nicht.« Sie gibt vor, ihren Geldbeutel zu suchen, und überlegt sich dann eine einigermaßen akzeptable Entschuldigung: »Es tut mir leid. Ich muss meinen Geldbeutel im Auto gelassen haben.«

Wenn deine Ohren nicht zugestöpselt sind, hörst du vielleicht die traurigen, leeren Töne, die dir zuvor in der Stimme deiner Freundin nicht aufgefallen sind, als ihr am Wochenende zusammen unterwegs wart. Es könnte eine Unterhaltung daraus entstehen über Eltern, die sich am Wochenende viel gestritten haben. Aber sei gewarnt: Du hörst und fühlst vielleicht, was die Menschen um dich herum brauchen.

Das klingt nicht nach Urlaub, oder? Kopfhörer beschützen uns vor dem Leid der anderen. Kein Wunder, dass die Welt zugestöpselt ist. Aber wenn wir auf diesem Planeten etwas verändern wollen, können wir uns das nicht leisten.

Wir haben unsere Beziehung mit Jesus vertieft und den versteckten Schatz des Gebets gehoben. Und jetzt haben wir unsere Stöpsel rausgenommen – nur um sie möglichst schnell wieder ins Ohr stecken zu wollen.

Die Idee, die Welt zu retten, klang großartig und sogar ziemlich aufregend.

Doch wie sieht es mit der Praxis aus? Vielleicht nicht mehr ganz so toll. Die Klänge von Verzweiflung, Verletzung und Bedürftigkeit sind nicht schön. Sie sind keine tolle Jamsession, sondern ähneln eher wirklich lautem, disharmonischem Rauschen. Lärm, den wir nicht wie einen Sender umschalten oder ganz abschalten können, wenn unsere Herzen erst einmal mit Jesus verbunden sind.

Was, wenn etwas positiv verändern bedeutet, dass dein Herz aufgrund all der Armut, die du siehst, und all der furchtbaren Geschichten, die du hörst, schmerzen wird? Was, wenn etwas verändern bedeutet, dass du dich mit Menschen, die du nicht wirklich magst, anfreunden sollst? Was, wenn Spuren im Leben von anderen hinterlassen bedeutet, dass du Dinge aufgeben musst, die du für dich persönlich haben wolltest?

Wie kannst du dein Herz dafür bereit machen, Veränderungen zu bewirken?

JENNA

Auch wenn du dich bemühst, jeden Tag 24 Stunden mit Gott verbunden zu sein und anderen mit Liebe zu begegnen, versucht Satan dich abzulenken. Es ist nicht so, dass er dich dauernd auf die Probe stellt, um dich dazu zu bringen, eine furchtbar schreckliche Sünde zu begehen. Es genügt schon, deine Gedanken von Gott abzubringen und auf die Playstation 3, auf die Beziehungsdramen deiner Freunde oder auf ein gutes Fußballspiel zu lenken. Das soll jetzt nicht heißen, dass du nie Spaß haben darfst. Aber wenn der Satan dich regelmäßig ablenken kann, dann wird Gott auf die hinterste Bank platziert und dein Herz »zugestöpselt«. Wenn du ständig deinen Blick von Gott weglenken lässt, dann kann es sein, dass die Nöte der anderen geradezu an dir abprallen.

MAX

Die meisten von uns haben gelernt, sich gegen den Schmerz der Leidenden abzuschotten, oder? *Dürfen* wir das nicht? Was können wir schließlich schon an der Hungersnot im Sudan, gegen Arbeitslosigkeit oder bei den Klassenkameraden, die gemobbt werden, groß ausrichten?

Wir wollen helfen. Aber die Probleme in dieser Welt sind riesig (Wie war das, eine Milliarde Menschen sind arm?) und kompliziert (Ab wann schadet Hilfe eigentlich?) und heftig (Ich hab genug eigene Probleme.).

Das ist wahr.

Wir alle haben sehr wohl unsere eigenen Probleme.

Zu diesen Problemen gehören vielleicht ein etwas angeknackstes Selbstbewusstsein, das meint, man könne eh nichts ausrichten, ein zu geringes Taschengeld, mit dem man nicht viel kaufen kann, Unmengen von Hausaufgaben, die einen auslaugen, eine zeitfressende Freizeitgestaltung und ein trotziges Herz, das keinen Schmerz spüren möchte. Wie kannst du die Welt verändern, wenn du nicht einmal deine eigenen schlechten Angewohnheiten in den Griff bekommst? Du meinst, dir fehlt das Nötige, um die Probleme der Welt zu lösen? Also am besten aufgeben und sich abwenden, oder? Aber das geht nicht.

MAX

Unter www.gute-tat.de findest du Ideen, wie du selbst aktiv werden und anderen Menschen – Kranken, Kindern oder Armen – helfen kannst. Der guten Tat kannst du auch auf Twitter folgen und erfährst dort alles über aktuelle Einsatzmöglichkeiten. Klick einfach auf http://twitter.com/#!/GuteTat_Muc.

JENNA

Sobald du dein Herz für Gott geöffnet hast, wird es schwer, zugestöpselt zu bleiben.

Sein Herz für die Einsamen, sein Schmerz wegen der Unterdrückten und seine Traurigkeit über die Armen werden dich anstecken (in guter Weise). Je mehr wir uns an ihn halten, desto mehr beginnen wir, wie er zu sehen, zu denken und zu handeln. Die Kopfhörer bleiben in unserem Zimmer, während sich unsere Herzen zur Welt um uns herum ausstrecken.

Klar, Leid klingt weniger angenehm als dein Lieblingsmusikmix, aber wenn du dich auf dieses Abenteuer mit Gott einlässt, gibt er dir seinen Geist, um das auszuhalten. Und schon bald sind die Klänge weniger verstörend und stattdessen aufregend – eine Chance zu helfen, eine Chance, die Welt zu verändern! Und während du anderen hilfst, wirst du merken, dass du dabei selbst gesegnet wirst, denn du wirst Teil von etwas Großartigem.

JENNA

Wenn du irgendetwas von Gott haben könntest, das dir helfen würde, anderen zu helfen, was würde das sein (zum Beispiel: mehr Geld zum Weitergeben, Mut, gegen etwas die Stimme zu erheben, eine tolle Singstimme)? Warum?

In Deutschland engagierten sich im Jahr 2009 36 Prozent aller Bürgerinnen und Bürger im Alter ab 14 Jahren freiwillig in Verbänden, Initiativen und Projekten.

Freiwilligensurvey der Bundesregierung

Schau mal, was mit der ersten Gemeinde in Jerusalem passierte, als Gott sie an Pfingsten »entstöpselte«.

MAX

Pfingsten war in Jerusalem der geschäftigste Tag des Jahres – einer von den drei Pilgertagen, an denen alle jüdischen Männer zu irgendeinem Zeitpunkt ihres Lebens in der Stadt erscheinen mussten. Sie reisten aus Europa, Asien und Afrika an. Es ist schwierig, die genaue Einwohnerzahl in den Städten der Antike zu rekonstruieren, aber einige schätzen, dass Jerusalem während dieser Zeit auf das Zehnfache der üblichen Bevölkerung anwuchs – von 100 000 auf eine Million Einwohner.[13]

Jerusalems engste Straßen wurden überrannt von Menschen in allen Hautfarben, von äthiopisch-ebenhölzern bis römisch-olivfarben. Ein Dutzend Dialekte hallten von den Steinwänden wider und der Opferkasten im Tempel floss vor unterschiedlichsten Münzen und Währungen über.

Dann waren da die Einheimischen. Der Metzger und sein Fleisch. Der Scherer und sein Webstuhl. Der Schuhmacher, der die Sandalen zusammenschusterte. Der Schneider, der mit seiner Nadel hantierte. Priester in weißen Gewändern und unansehnliche Bettler. Jedes menschliche Wesen drängte sich innerhalb von 1,2 Quadratkilometern in der Stadt Davids.

Und irgendwo in ihrer Mitte hatten sich die Nachfolger Jesu zum Gebet versammelt.

> Und als der Tag der Pfingsten sich erfüllte, waren sie alle einmütig beisammen (Apostelgeschichte 2,1; S).

Das ist die erste Versammlung der Kirche. Denk mal darüber nach, wo Gott seine Leute versammelte. Nicht irgendwo einsam in der Wüste. Nicht von der Gesellschaft abgesondert, sondern genau im Zentrum, im Herzen einer der größten Städte während einer der geschäftigsten Zeiten. Und dann, als Gott sie da hatte, wo er sie brauchte, passierte Folgendes:

> Plötzlich ertönte vom Himmel ein Brausen wie das Rauschen eines mächtigen Sturms und erfüllte das Haus, in dem sie versammelt waren. Dann erschien etwas, das aussah wie Flammen, die sich

zerteilten, wie Feuerzungen, die sich auf jeden Einzelnen von ihnen niederließen. Und alle Anwesenden wurden vom Heiligen Geist erfüllt und fingen an, in anderen Sprachen zu sprechen, wie der Heilige Geist es ihnen eingab (Apostelgeschichte 2, 2–4).

Der Heilige Geist kam plötzlich über sie – durch Jerusalem brausend wie ein Sturm. »Das Rauschen erfüllte das Haus« (Vers 2) und floss in die Straßen über – das pfeifende, sausende, brausende Geräusch des Windes. Der Geist kam zunächst als Wind und trat dann wie einzelne Feuerzungen auf, »die sich auf jeden Einzelnen von ihnen niederließen« (Vers 3). Das war nicht wie eine Fackel über dem gesamten Zimmer, sondern einzelne Flammen schwebten über jeder Person. Und dann passierte das höchst Unerwartete:

Und alle Anwesenden wurden vom Heiligen Geist erfüllt und fingen an, in anderen Sprachen zu sprechen, wie der Heilige Geist es ihnen eingab. Damals lebten in Jerusalem gottesfürchtige Juden aus vielen verschiedenen Ländern. Als sie das Brausen hörten, liefen sie herbei. Bestürzt hörte jeder von ihnen die Versammelten in seiner eigenen Sprache reden. Außer sich vor Staunen riefen sie: »Wie kann das sein? Diese Leute stammen alle aus Galiläa, und doch hören wir sie in den Sprachen der Länder sprechen, in denen wir geboren wurden! Da stehen wir – Parther, Meder, Elamiter, Leute aus Mesopotamien, Judäa, Kappadozien, Pontus, der Provinz Asien, Phrygien, Pamphylien, Ägypten und den Gebieten von Libyen aus der Gegend von Kyrene, Besucher aus Rom, Juden sowie zum Judentum Übergetretene, Kreter und Araber – und wir alle hören diese Leute in unseren eigenen Sprachen über die Taten Gottes reden.« Erstaunt und verwirrt standen sie da. »Was mag das bedeuten?«, fragten sie einander (Apostelgeschichte 2,4–12).

MAX

Stell dir das mal bildlich vor. Denk mal an einen Vergnügungspark an einem brüllend heißen Tag während der Sommerferien. Die Schlangen vor den Karussells sind voll mit Familien aus der ganzen Welt. Touristen aus Spanien, der Ukraine, Kolumbien, Korea und den USA. Eines frühen Morgens, als die Menschen den Park füllen, erschüttert das Geräusch des Windes die Fahrgeschäfte. Das Brüllen ist so laut, dass die Menschen wie angewurzelt stehen bleiben. Stille breitet sich aus, die plötzlich von den Stimmen einer Gruppe durchbrochen wird, die sich neben der größten Achterbahn versammelt hat. 120 Menschen sprechen, jeder mit einer Flamme über dem Kopf, und beschreiben Gottes Güte in verschiedenen Sprachen. Urlauberfamilien hören auf einmal ihre Muttersprache. José aus Spanien erfährt von Gottes Gnade auf Spanisch. Mako aus Japan hört die Nachricht auf Japanisch. Die Gruppe aus den Philippinen kann Tagalog wahrnehmen. Sie hören verschiedene Sprachen, aber eine Botschaft: die Wundertaten Gottes.

Das haut einen wirklich um.

Es gibt heute auf der Welt 6 809 gesprochene Sprachen.
www.Ethnologue.com

MAX

Was könnte das bedeuten?

Zumindest so viel: Gott liebt alle Nationen. Er liebt Iraker, Somalier, Israelis, Neuseeländer, Honduraner. Er hat eine brennende Leidenschaft dafür, dass Kinder aus jedem Dschungel, jedem Viertel, jedem Dorf und Slum ihn kennenlernen. Seine Vision für das

Ende der Zeit schließt »Menschen aus jedem Stamm und jeder Sprache und jedem Volk und jeder Nation« ein (Offenbarung 5,9).

Gott liebt Subkulturen: die Sinti und Roma, die Hippies, die Studenten und die Hartz-IV-Empfänger. Er hat ein Herz für Radfahrer und Wanderer, Ökos und Bücherwürmer, Alleinerziehende, Geschäftsleute und Teenager. Er liebt alle Menschengruppen gleichermaßen, und er wirkt durch uns, indem er durch uns spricht. Er wählt einfache Galiläer, Menschen aus Nebraska, Texas und Florida, Brasilianer oder Koreaner aus, um in den Sprachen der Völker der Welt zu sprechen. Er lehrt uns, Menschen aus entfernten Ländern zu verstehen. Gott rüstet seine Nachfolger dafür aus, eine Brücke zu anderen Kulturen zu schlagen und die Herzen der Menschen dort zu berühren.

MAX

Wer in deinem Leben bringt dich am meisten auf die Palme? Deine Schwester? Dein Vater? Ein Lehrer, der es deiner Ansicht nach auf dich abgesehen hat? Was würde sich ändern, wenn du für diese Person betest – wirklich und ernsthaft betest, und das jeden Tag? Mehrmals am Tag? Die Person ändert sich vielleicht kein bisschen. Sie verhält sich vielleicht immer noch genauso unausstehlich. Aber wir können dir eins garantieren: Wenn du Gott vertraust, wird er dir helfen, deine persönliche Nervensäge in völlig neuem Licht zu sehen.

Du folgst Jesus nach, und er hat dich genau wie die ersten Christen an Pfingsten ausgestattet, um deine Welt zu verändern. Du stehst vielleicht nicht neben einer Achterbahn und sprichst Suaheli, aber du bist dennoch berufen, etwas Großes für Gott zu bewirken.

Wenn du den Menschen etwas geben möchtest, die am Straßenrand sitzen und ein Schild mit der Aufschrift Hunger aufgestellt haben, dann überlege, ob du nicht in einer Gruppe mitarbeiten könntest, die Menschen auf der Straße hilft. Du könntest ein paar Picknicktaschen mit Saftpackungen oder Wasserflaschen, Keksen, Nüssen oder Müsliriegeln packen. Vielleicht kannst du sogar Restaurantgutscheine dazustecken und verschenken.

JENNA

Lass uns mal für einen Moment tagträumen. Denk an das letzte Mal, als du etwas gut gemacht hast und es dir ganz einfach zufiel. War es vielleicht, als du etwas mit der Fernbedienung programmiert hast, die Küche aufgeräumt, ein Gedicht im Deutschunterricht geschrieben oder die meisten Punkte bei einem Spiel während des Klassentreffens erzielt hast?

Jetzt übertrag das mal auf Menschen. Wie kannst du diese Gabe, die du ohne Probleme einsetzen kannst, nutzen? Wie kannst du das, was du gut kannst, gebrauchen, um jemand anderem zu helfen?

Könntest du die beiden Dinge verbinden?

Dein Talent nehmen und jemanden damit beschenken?

Nimm die Stöpsel raus, damit du deinen Teil dazu beitragen kannst.

JENNA

MAX

Wem hilfst du am liebsten? Anderen Teenagern? Ausgestoßenen? Den Senioren? Vielleicht verstummst du schnell unter Erwachsenen, aber findest es leicht, mit kleinen Kindern zu reden. So hat Gott dich geschaffen. »Gott ist gnädig und hat uns unterschiedliche Gaben geschenkt« (Römer 12,6).

Wenn du einige der Gaben entdecken möchtest, die Gott in dich hineingelegt hat, dann lerne dich besser kennen. Es gibt im Internet und in Büchern interessante Fragebögen, die dir verstehen helfen, was für eine Persönlichkeit du hast, wie dein Hirn gepolt ist, welche Talente in dir stecken und Ähnliches. Um deinen Persönlichkeitstyp, deine Liebessprache, deine Geistesgaben und deine Lernweise rauszufinden, kannst du zum Beispiel eines der folgenden Bücher lesen: »Explore – entdecke deine Berufung«, »Pur: Lernen – Entdecke deine Talente!«, »Meine Berufung – Gottes Traum für mein Leben« oder »Die 3 Farben deiner Gaben«.[14]

Mit wem hast du am meisten Mitleid? Gott hat uns nicht so gepolt, dass wir allen gleich viel helfen wollen. »Der HERR schaut vom Himmel herab und sieht alle Menschen … *Er hat ihre Herzen gemacht*« (Psalm 33,13.15; Hervorhebungen durch den Autor). Wann bricht dir das Herz und fängt dein Puls an zu rasen? Wenn du Obdachlose bemerkst? Wenn du die Sozialwohnungen in deiner Stadt siehst? Wenn du Mobbing-Opfer erblickst? Wenn du ein wirklich krankes Kind triffst?

MAX

Falls du für einen wichtigen Anlass Geld verdienen möchtest, versuch doch mal, ein paar Freunde zusammenzutrommeln und ein Babysitting-Team zu gründen. Erstellt einen Plan, zu welchen Zeiten ihr zu zweit babysitten könntet, und wechselt euch an den Wochenendabenden ab, sodass jeder in der Gruppe einmal oder zweimal im Monat dran ist. Hier ist noch ein anderer Vorschlag, wie ihr auf großartige Weise etwas positiv verändern könnt: Ihr bietet euren Babysitting-Dienst bei finanziell schlechter gestellten Familien oder Alleinerziehenden einfach unentgeltlich an.

Leeland Mooring war ein dünner, rothaariger, sommersprossiger Junge von nur elf Jahren, als er entdeckte, dass Musik die Sprache ist, die Gott in ihn hineingelegt hat, um das Leben der Menschen zu verändern, denen er begegnet.

Leelands Geschichte

»Ich wuchs quasi in der Kirche auf, meine Eltern waren im christlichen Musikbereich tätig. Aber ich war ein typisches Kind«, erzählte uns Leeland.[15] »Ich war richtig wild und rannte gern herum. Als ich elf war, fühlte ich die überwältigende Anwesenheit und die Liebe Gottes zum ersten Mal. Ein Evangelist namens Nigel McNeil war aus Australien gekommen und predigte in unserer Gemeinde. Meine Mutter reihte uns Kinder vorne vor ihm auf, damit er für uns betete. Ich fühlte etwas Kraftvolles, und es war gut.«

Ab diesem Moment sei seine Beziehung mit Gott persönlich geworden, sagt Leeland. Er hörte im Gottesdienst besser zu, betete öfter, begann selber in der Bibel zu lesen und versuchte, so viel er konnte über Gott mitzubekommen. In den folgenden zwei Jahren reiste Leelands Familie mit dem australischen Evangelisten mit und spielte Musik bei seinen Evangelisationsveranstaltungen in den USA. Leeland und sein Bruder sangen mit ihren Eltern, und Leeland begann, Lieder zu schreiben. Nachdem er das erste Mal eines seiner eigenen Lieder gesungen hatte, entdeckte er, dass er durch Musik auf beeindruckende Weise Gottes Liebe weitergeben konnte.

»Ich schloss meine Augen und dachte über die Worte nach, die ich für Gott sang. Während des Songs merkte ich, dass meine Mutter nicht mehr mit mir sang. Ich öffnete die Augen, um zu sehen, wo sie war, und erblickte sie am Altar. Da standen lauter weinende, schluchzende Menschen, und meine Mutter betete für sie. Sie waren zum Altar gekommen, weil meine Musik ihre Herzen bewegt hatte.

In dem Moment wurde mir klar, dass Gott mich genau hier haben wollte. Er hatte diese Liebe zur Musik in mich hineingelegt, um sie als Werkzeug für sein Königreich und zu seiner Ehre zu nutzen.«

Im Alter von 15 Jahren hatte Leeland bereits viele Lieder geschrieben und war Lobpreisleiter in seiner Gemeinde. Dann öffnete Gott eine weitere Tür für ihn, seinen Bruder und seine Band: Sie durften einen Plattenvertrag unterschreiben, der zur Veröffentlichung von Bestseller-CDs wie »Love is on the Move« führte. Die Band wurde für mehrere Grammys nominiert, hat Dove Awards gewonnen, und Leeland schrieb auch Lieder für andere christliche Topkünstler wie Michael W. Smith. In wenigen Jahren hat Leeland seine Liebe für Jesus in der ganzen Welt verbreitet. Kürzlich hat er mit »Food for the Hungry« einen Einsatz bei den Armen in Kambodscha mitgemacht. Er liebt das großartige Abenteuer, auf dem er sich mit Gott befindet.

»Gott möchte durch dich wirken, auch wenn du noch sehr jung bist«, sagt Leeland. »Er möchte dich jetzt gebrauchen. Auch mit zwölf, dreizehn oder vierzehn Jahren hast du vielleicht viele Träume in deinem Herzen. Was du tun oder sein möchtest – von Dingen, die du liebst, wie vielleicht Sport oder Gesang. Gott hat diese Leidenschaft, diese Sehnsucht in dich hineingelegt, sodass du sie für ihn benutzen kannst. Du musst nicht super talentiert oder beliebt sein. Gott liebt dich genau so, wie du bist.«

Leeland hilft in Kambodscha

Die Organisation »Brot für die Welt« leistet weltweit Hilfe zur Selbsthilfe, zum Beispiel im Bereich Landwirtschaft, Bildung und Ausbildung, medizinische Grundversorgung oder auch durch soziale Einrichtungen. Klick mal auf www.brot-fuer-die-welt.de.

JENNA

Wirst du also deine Ohren für die Schreie dieser Welt öffnen? Und noch mehr: Wirst du dein Herz öffnen? Wenn wir dichtmachen – uns mit Kopfhörern zustöpseln, am Fernseher kleben und 24 Stunden pro Tag am Handy hängen –, dann wird das Abenteuer an uns vorbeigehen.

Gott will dich gebrauchen.
Hast du das gehört?
Der Gott der Sterne und der Meere will dich gebrauchen! Lässt du das zu?
Bist du bereit, die Stöpsel rauszunehmen?

JENNA

Helft euch gegenseitig bei euren Schwierigkeiten und Problemen, so erfüllt ihr das Gesetz, das wir von Christus haben.

Galater 6,2

Gott, ich habe Angst. Ich bin eigentlich ganz gern zugestöpselt. Ich habe Angst, mein gewohntes Terrain zu verlassen und in das Leben anderer einzudringen. Kannst du mir bitte neue Begeisterung für deine Kinder schenken? Könntest du mich daran erinnern, wie viel sie dir bedeuten, und bewirken, dass sie auch mir etwas bedeuten? Von alleine habe ich nicht den Willen, etwas zu verändern. Bitte arbeite an meinem Herzen. Öffne meine Ohren, um die Herzen der anderen zu hören. Danke, Gott.

In Jesu Namen, amen.

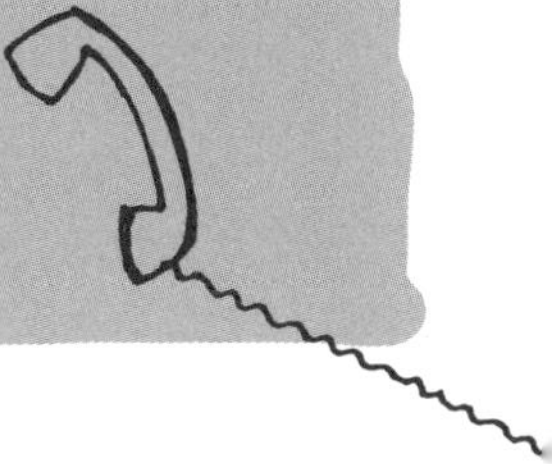

KAPITEL 6

Hundertprozentige Sehstärke

Als Petrus und Johannes zum Tempel kamen, wurde gerade ein Mann herbeigetragen, der von Geburt an gelähmt war. ... Petrus und Johannes blickten ihn aufmerksam an, und Petrus sagte: Sieh uns an! ... Dann nahm er den Gelähmten an der rechten Hand und half ihm auf.

Apostelgeschichte 3,2.4.7

MAX

Er saß am Tempeltor, das »Schöne Pforte« hieß.

Der Mann war alles andere als schön.

Er konnte nicht laufen, sondern musste sich auf seinen Knien umherschleppen. Er verbrachte seine Tage mit anderen Bettlern, die nach den Münzen der Gläubigen gierten, die Salomos Tempelvorhof betraten.

Petrus und Johannes waren unter ihnen.

Der bedürftige Mann sah die Apostel, erhob seine Stimme und bettelte um Geld.

Sie hatten nichts, was sie ihm geben konnten, aber sie hielten trotzdem an. »Petrus und Johannes blickten ihn aufmerksam an, und Petrus sagte: ›Sieh uns an!‹« (Apostelgeschichte 3,4). Sie richteten ihre Augen voller Mitleid auf seine, und »der gelähmte Mann blickte erwartungsvoll auf, weil er glaubte, dass er etwas bekäme« (Vers 5). Petrus und Johannes antworteten nicht mit einem peinlich berührten Blick, einem Schulterzucken oder einer schnellen Zurückweisung, sondern sahen ihn offen und ehrlich an.

Es ist schwer, dem Leiden ins Gesicht zu sehen. Würden wir uns nicht viel lieber wegdrehen und in eine andere Richtung blicken? Menschliches Leid ist nicht einfach fürs Auge. Die staubigen Wangen des pakistanischen Flüchtlings. Die weit aufgerissenen Augen des Waisenkindes aus Haiti. Die Krankheiten und Schönheitsfehler, die sogar die Körper kleiner Kinder entstellen können. Der Schüler, der zu dick ist, um neben dir in die Schulbank zu passen. Das Mädchen, das auf der Toilette weint.

MAX

Jeder auf diesem Planeten ist einer von Gottes Spatzen. Jesus sagte:

> Nicht einmal ein Spatz, der doch kaum etwas wert ist, kann tot zu Boden fallen, ohne dass euer Vater es weiß. Selbst die Haare auf eurem Kopf sind alle gezählt. Deshalb habt keine Angst; ihr seid Gott kostbarer als ein ganzer Schwarm Spatzen (Matthäus 10, 29–31).

Die obdachlosen und zum großen Teil verwaisten Kinder auf Haiti sind solche Spatzen.

Die Geschichte einer Begeisterung

Es war einmal eine Gruppe von Schülern, 7. Jahrgangsstufe, am Staffelsee-Gymnasium Murnau, im evangelischen Religionsunterricht, Themenbereich Diakonie und Nächstenliebe, im Januar 2010:

»In Haiti gab es ein schreckliches Erdbeben, ich hab einen Bericht gesehen, in dem gezeigt wurde, dass Kinder dort nichts mehr haben!«

»Denen könnten wir doch helfen! Uns geht es so gut, dass wir eigentlich viel übrig haben!«

»Ja, genau, wir könnten den Kindern doch unsere Schule schicken ... oder die Lehrer ... oder wenigstens die Schulbücher!«

»Glaubst du im Ernst, die könnten damit was anfangen? Wie sprechen die eigentlich? Lernt man dort nicht Französisch?«

»Das wäre ja super. So besonders gut ist unser Französisch ja noch nicht, aber das könnte ja noch werden.«

»Damit haben wir aber noch nicht geholfen. Ich glaub, am besten wäre es, wenn wir Geld sammeln.«

»Genau, wir verkaufen was, den Erlös können wir dann nach Haiti schicken.«

»Meine Familie kennt da jemanden, der ist bei der ›Haiti Kinder Hilfe‹, die kann ich ja mal fragen!«

»Mach das!«

»Ich hab noch eine Idee: In zwei Wochen ist Lyrikabend. Ich geh da so gern hin, aber der ist immer während der Abendessenszeit. Letztes Jahr hatte ich so einen Sterbenshunger, dass die Zuschauer meinten, das Knurren meines Magens gehörte zum Vortrag. Wir könnten da doch was zum Essen anbieten.«

»Super Idee!«

»Wir haben doch neulich beim Projekt ›Boys and Girls‹ ein Rezeptheft mit alkoholfreien Cocktails bekommen. Die sind lecker. Die bieten wir dann auch an!«

Gesagt, getan. Seitdem bietet eine Gruppe von Schülern, die inzwischen in der 9. Klasse sind, regelmäßig Catering für viele Veranstaltungen am Staffelsee-Gymnasium Murnau an. Dabei fand sich sehr schnell sehr viel Unterstützung: Viele andere Schüler und eine ganze Reihe von Lehrkräften beteiligen sich immer wieder. Der Zusammenschluss mit der AG Patenkinder bildet nun die Arbeitsgemeinschaft

»Soziale Projekte«. Andere Gruppen sammeln Geld für die »Haiti Kinder Hilfe«. Zum Beispiel:

- Eine Klasse räumte einen Winter lang Schnee in der Nachbarschaft.
- Die Musiker gaben die Spenden vom Weihnachtskonzert.
- Der Verleger des von Schülern gestalteten Lyrikkalenders »Zilpzalp« spendete seine Einnahmen der am Staffelsee-Gymnasium Murnau verkauften Exemplare.
- Restgeld von Lektüren, Fahrten und Projekten geht aufs Spendenkonto.[16]

Der gemeinnützige Verein »Haiti Kinder Hilfe e.V.« wurde 1982 unter dem Vorsitz von Frau Marie Josée Laguerre gegründet, die die Bedürfnisse und die Strukturen in ihrem Heimatland Haiti sehr gut beurteilen kann. Der Verein leistet Hilfe durch Schul- und Heimprojekte, Essen, ärztliche Versorgung und weitere Maßnahmen. Besonders wichtig ist es den Verantwortlichen, die Haitianer zur Selbsthilfe zu befähigen. Weitere Infos, wie auch du helfen kannst, findest du unter www.haitikinderhilfe.de.

Die Schüler des Staffelsee-Gymnasiums haben ihre Augen vor dem Leid, vor dem Elend und der Armut nicht verschlossen, sondern sind kreativ und dann aktiv geworden.

Wenn wir Menschen ansehen, was sehen wir dann? (Auch wenn du hundertprozentige Sehkraft hast, bedeutet das nicht, dass du die Menschen so siehst, wie Gott es möchte.)

Wer sind diese Menschen, an denen du jeden Tag vorbeigehst? Bitte Gott, dass er dir hilft, sie in einem völlig neuen Licht zu sehen.

Hier hast du etwas Platz, um einige Gedanken über Menschen festzuhalten, von denen du weißt, dass niemand sie sieht. Was könnte in ihrem Leben etwas verändern?

MAX

Es ist etwas richtig Gutes, wenn man sich die Zeit nimmt, eine Person wirklich zu sehen.

Einmal kritisierte Simon, der Pharisäer, Jesus, weil er so nett zu einer Frau von fragwürdigem Charakter war. Deshalb testete Jesus ihn:

> Siehst du diese Frau? (Lukas 7,44; S).

Doch Simon sah sie nicht. Er sah eine Frau, die alles andere als rein war. Er sah nicht die Frau, die Gott geschaffen hatte. Es entging ihm das Meisterwerk.

Was sehen wir, wenn wir

- die Menschen unter der Straßenüberführung sehen, die sich um das Feuer sammeln, das in der 200-Liter-Blechtonne brennt?
- die Filmclips in den Nachrichten über Kinder in Flüchtlingslagern sehen?
- Berichte über 1,75 Milliarden Menschen sehen, die von weniger als einem Euro pro Tag leben?

Was sehen wir?

> Er hatte tiefes Mitleid mit den vielen Menschen, die zu ihm kamen, denn sie hatten große Sorgen und wussten nicht, wen sie um Hilfe bitten konnten. Sie waren wie Schafe ohne Hirten (Matthäus 9,36).

Mitgefühl ist etwas, das tief aus dem Innern kommt – wie ein Tritt in den Bauch. Vielleicht drehen wir uns deshalb weg. Wer kann schon so tiefe Gefühle aushalten? Besonders, wenn wir nichts dagegen tun können. Warum sollten wir dem Leiden ins Gesicht sehen, wenn wir nichts ändern können?

MAX

Aber du kannst etwas ändern. Deine Aufmerksamkeit kann das Leid von jemand anderem reduzieren.

> Wenn du heute mal mit jemand Neuem deine Pause verbringst und sie oder ihn etwas kennenlernst, kann das euer beider Leben verändern.

Das verspricht eine Begegnung mit jemandem, den wir noch nicht kennen: Wenn wir etwas von uns geben, erhalten wir sogar manchmal mehr zurück.

JENNA

In jedem Herzen gibt es ein »Hinter-den-Kulissen«. Vielleicht steckt eine Scheidung hinter dem Gehabe des allseits beliebten Mädchens. Oder vielleicht verbirgt sich im Herzen des stillen Mädchens, das immer in der letzten Reihe sitzt, Missbrauch. Und der Typ, der in der Schule immer Witze reißt? Vielleicht hat er noch nie seinen Vater getroffen. Und derjenige, der immer auf den anderen rumhackt? Vielleicht hat zu ihm noch nie jemand gesagt: »Ich habe dich lieb, mein Sohn.«

Lass uns versuchen, hinter die Masken zu schauen, hinter die Beliebtheit, hinter die aufgeblasenen Egos, hinter den Humor oder die Stille. Lass uns einen Pakt schließen, wirklich die Herzen der Menschen kennenzulernen. Das, was wirklich zählt. Bevor wir über andere urteilen, sollten wir beten – beten, dass Gott uns zeigt, wie wir jemanden mehr lieben können, auch wenn diese Person die *letzte* ist, die wir lieben wollen.

Jesus hat immer hinter die Dinge wie Kleidung, sozialen Status, Geschlecht oder Rasse geblickt und sich stattdessen direkt auf das Herz konzentriert. Wenn wir das tun, dann sehen wir, dass jeder Liebe benötigt. Jeder braucht Jesus. Aber wer ist die Person, die diese Liebe gibt?

Ich hoffe, dass ich es bin; ich hoffe, dass du es bist. Lass uns Gott bitten, dass wir sehen, wenn jemand etwas braucht, und dass wir dann etwas dafür tun.

JENNA

Die Herzen benötigen Heilung. In Deutschland betrug der Anteil der Selbstmorde an allen Todesursachen im Jahr 2006 bei männlichen Personen zwischen 15 und 24 Jahren 18 Prozent, bei den weiblichen Personen 11,2 Prozent.

www.destatis.de

Zurück zum Tempeltor »Schöne Pforte«: Unser Bettler konnte immer noch nicht glauben, dass die Apostel anhielten, um mit ihm zu reden.

MAX

Dann sagte Petrus:

> »Ich habe kein Geld für dich. Aber was ich habe, gebe ich dir: Im Namen von Jesus Christus von Nazareth: Steh auf und geh!« Dann nahm er den Gelähmten an der rechten Hand und half ihm auf. Als er das tat, wurden die Füße und Knöchel des Mannes geheilt und erhielten ihre Kraft zurück. Er sprang auf, konnte auf seinen Füßen stehen und fing an umherzugehen! Dann trat er – gehend, hüpfend und Gott lobend – mit ihnen in den Tempel (Apostelgeschichte 3,6–8).

Was, wenn Petrus gesagt hätte: »Da ich kein Geld habe, halte ich besser meinen Mund?« Aber er tat es nicht. Er säte seine kleine, senfkorngroße Handlung (einen Blick und eine Berührung) in den Boden von Gottes Liebe.

Und schau, was Gott daraus wachsen ließ!

Die dicke, fleischige Hand des Fischers streckte sich nach der gebrechlichen, dünnen Hand des Bettlers aus. Petrus zog den Mann zu sich empor. Der Lahme schwankte wie ein neugeborenes Kalb, das erst das Gleichgewicht finden muss. Es schien so, als würde der Mann fallen, aber er tat es nicht. Er stand. Und während er stand, begann er zu rufen, und die Vorübergehenden hielten an. Sie hielten an und beobachteten den springenden Gelähmten.

Zusammen mit Gott hatte Petrus in seinem Abenteuer die Kraft, den Lahmen zu heilen. Das Wunder brachte die Menge dazu, innezuhalten und aufmerksam zu werden. Dann konnte Petrus ihnen von seinem Glauben erzählen:

> Nun kehrt euch ab von euren Sünden und wendet euch Gott zu, damit ihr von euren Sünden gereinigt werden könnt. Dann brechen herrliche Zeiten an, und ihr werdet durch den Herrn gestärkt werden (Apostelgeschichte 3,19-20).

»Gereinigt« ist die Übersetzung eines griechischen Wortes, das »auslöschen« oder »völlig ausradieren« bedeutet.

Petrus erklärt, dass wir durch den Glauben an Jesus sozusagen wieder eine weiße Weste vor Gott haben können. Was Jesus für die Beine dieses Gelähmten tat, tut er für unsere Seelen. Er macht sie brandneu!

Petrus' ehrlicher Blick führte zu einer helfenden Hand, die eine Bekehrung zur Ewigkeit zur Folge hatte.

MAX

Auch wenn du vielleicht nicht in der Lage bist, einen Gelähmten zu heilen, ist Gottes Kraft heute immer noch dieselbe, und er kann auf vielerlei Art durch dich wirken: um Herzen zu heilen und Menschen zu ermutigen, um liebe Worte zu sagen, um etwas zu unternehmen und jemandes Leben besser oder leichter zu machen.

Der Punkt ist folgender:

Werke, die in Gottes Namen getan werden, überdauern unser irdisches Leben.

JENNA

Aber wir können das nicht aus uns selbst heraus tun. Schwierige Menschen zu lieben, Bettler zu berühren, Obdachlosen etwas zu essen zu geben, das stille Kind in der Schule nach seiner Familie zu fragen oder sogar um eine Chance zu beten, das Herz des hochnäsigen, beliebten Mädchens kennenzulernen, das schon tausend Mal auf dich herabgeblickt hat – all das ist *unmöglich* ohne Gott! Ich bin nicht fähig, die Herzen der Menschen zu sehen, wenn ich ganz auf mich gestellt bin. Ich habe noch nicht einmal den Wunsch, es von mir aus zu tun!

Wir müssen Gott bitten, unsere Herzen zu verändern, bevor wir versuchen, die Welt zu verändern. Wir müssen Gott bitten, unser Sauerstofftank zu sein, unsere Lebensquelle, unsere einzig wahre Hilfe.

Wenn wir zuerst zu Gott kommen – und ihn bitten, unsere Herzen wie seins zu machen, indem er durch uns spricht, durch uns liebt und durch uns sieht –, *dann* ändert sich unsere Perspektive.

Jeder Tag wird zu einer Gelegenheit. Einer Gelegenheit zu ermutigen, Jesus durch dich leuchten zu lassen und einen Unterschied auszumachen. Langweilige Mathehausaufgaben werden zur Chance, einem Schüler zu helfen, der Mathe nicht kapiert.

Studien zeigen, dass Teenager, die sich ehrenamtlich engagieren, bessere Schulleistungen erbringen als diejenigen, die das nicht tun.

Das Sporttraining nach der Schule wird zu einer einmaligen Gelegenheit, um mit dem Typen zu reden, der jeden zweiten Tag denselben Pulli trägt und nicht viele Freunde hat, weil seine Eltern so wenig Geld haben.

Aus der Routine wird plötzlich ein Abenteuer.

Gott hilft uns, die Menschen aus *seiner* Perspektive und auf *seine* Art zu sehen.

JENNA

Und wenn du die Menschen auf Gottes Art siehst, dann siehst du überall Wunderschönes.

MAX

In manchen Gegenden der Zulus in Südafrika begrüßen sich die Menschen gegenseitig mit: »Ich sehe dich.«[17]

Veränderung beginnt mit einem echten Blick.

Und dann folgt Hilfsbereitschaft.

Könnte das Gottes Strategie bei menschlichem Leid sein?

Als Erstes treffen gütige Augen verzweifelte. Als Zweites helfen starke Hände schwachen.

Und dann geschieht ein Wunder Gottes.

Wir tun unseren kleinen Teil,
er tut den großen Teil,
und das Leben an der »Schönen Pforte«
wird tatsächlich schön.

MAX

Als Jesus aus dem Boot stieg, erwartete ihn eine riesige Menschenmenge. Er hatte Mitleid mit ihnen, denn sie waren wie Schafe ohne Hirten.

Markus 6,34

Vater, in 1. Mose 16,13 wirst du der »Gott, der mich sieht«, genannt, und ich weiß, dass deine Augen immer nach mir Ausschau halten und mich leiten. Du hast mich auch mit Augen ausgestattet, und ich bitte dich, dass du mir hilfst, *wirklich* zu sehen, also mit deinen Augen zu sehen. Hilf mir, diejenigen, die du auf meinen Weg stellst, auf neue Art zu sehen – ihre Verletzungen zu sehen, ihre Wünsche, ihre Sehnsüchte, ihre Bedürfnisse, ihre Freuden und ihre Herausforderungen. Und wenn du meine Augen öffnest, öffne auch meine Arme. Ich möchte die Menschen lieben und ihnen helfen, wie es Jesus tat. Lass mich dir ähnlicher werden, Gott.

In Jesu Namen, amen.

KAPITEL 7

Setz dich für die Mittellosen ein

Und der König wird ihnen entgegnen: Ich versichere euch: Was ihr für einen der Geringsten meiner Brüder und Schwestern getan habt, das habt ihr für mich getan!

Matthäus 25,40

Denk mal zurück an den Tag, an dem du geboren wurdest …

Okay, du erinnerst dich wohl nicht daran, aber du hast wahrscheinlich alles darüber erzählt bekommen. Du hast ein paar Kilo und eine bestimmte Anzahl an Gramm gewogen. Du hattest eine Glatze, dichte dunkle Haare oder einen kleinen blonden Pfirsichflaum. Du bist höchstwahrscheinlich in einem Krankenhaus zur Welt gekommen – mit ausreichend ausgebildetem medizinischen Personal und bester technischer Ausstattung, was dir den bestmöglichen Start ins Leben ermöglichen sollte.

Der Arzt musste vielleicht deine Atemwege frei machen, bevor du deinen ersten Atemzug gemacht hast.

»Wääähhh!«, hast du überrascht gequäkt. Dann wurdest du schnell in warme Decken eingewickelt und in liebevolle Arme gegeben.

Willkommen auf der Welt, Sohn.

Wir haben alles für dich vorbereitet, Tochter.

Wenn du zum Beispiel in Nordamerika oder Deutschland aufwächst, dann hast du wahrscheinlich ein Dach über dem Kopf, Essen auf dem Tisch und Kleidung für jeden Tag deines Lebens. Du hast ein Zimmer mit vielen Sachen, eine warme Dusche und Medizin, Spiele und Spielsachen, und man hat mit dir Ausflüge zu netten Orten gemacht.

Herzlichen Glückwunsch!

Wenn du auf dem Planeten Erde leben willst, dann hast du sicher die richtige Adresse gewählt – auch wenn du es dir gar nicht selbst ausgesucht hast. Es ist so: Laut *United Nations Human Development Report* stehen drei Viertel des weltweiten Einkommens 20 Prozent der Weltbevölkerung zur Verfügung.[18] Und zu diesen 20 Prozent gehören hauptsächlich wir.

Zahlen kann man sich schwer vorstellen, also versuch es mal mit folgendem Bild.

JENNA

Stell dir vor, der Computerladen in deinem Wohnort würde zehn iPods an die Schüler verschenken, die sich als Erstes am nächsten Tag vor dem Geschäft einfinden. Am nächsten Morgen stellen sich die ersten zehn gespannten iPod-Liebhaber hintereinander auf. Aber anstatt dass der Laden einen iPod pro Person verschenkt, bekommen die ersten beiden Schüler in der Schlange acht iPods, während sich die anderen acht Schüler mit zwei abwechseln sollen. Ist das gerecht?

Die beiden, die jeweils vier iPods bekamen, könnten einfach sagen: »Nun, ich verdiene sie alle, schließlich bin ich wirklich ein netter Mensch und lerne immer ganz fleißig, um überall Einsen zu bekommen.«

Aber lassen wir mal das ausgedachte Szenario beiseite und wenden uns dem wirklichen Leben zu. Was können wir auf diese Frage über die Welt antworten? Warum haben ein paar von uns auf diesem Planeten so viel, während die Mehrheit so wenig hat? Und noch wichtiger: Wie sollen wir uns laut Gott dazu verhalten?

Ich glaube, er möchte, dass wir viel Wirbel um die Armut machen! Gott erwähnt Armut in der Bibel immer und immer wieder. Normalerweise sollten unsere Ohren aufhorchen, wenn Gott in der Bibel etwas mehr als einmal sagt. Die Armen sind Gott wichtig. Und was Gott wichtig ist, sollte uns auch wichtig sein. Es ist Zeit, dass wir den Mittellosen helfen. Gott nennt die Mittellosen die »Geringsten meiner Brüder und Schwestern« (Matthäus 25,40).

JENNA

Lies nach, was über Jesus in Matthäus 25,31-40 steht.
Wer wird vor ihm zusammengerufen werden?

Was wird er zu den Menschen zu seiner Rechten sagen? Was haben die Menschen zur Rechten des Königs für die Hungrigen, die Durstigen und Fremden getan?

In den Versen 37 bis 40 wird erzählt, was die Menschen auf der rechten Seite antworten:

> Dann werden diese Gerechten fragen: »Herr, wann haben wir dich jemals hungrig gesehen und dir zu essen gegeben? Wann sahen wir dich durstig und haben dir zu trinken gegeben? Wann warst du ein Fremder und wir haben dir Gastfreundschaft erwiesen? Oder wann warst du nackt und wir haben dich gekleidet? Wann haben wir dich je krank oder im Gefängnis gesehen und haben dich besucht?«
>
> Und der König wird ihnen entgegnen: »Ich versichere euch: Was ihr für einen der Geringsten meiner Brüder und Schwestern getan habt, das habt ihr für mich getan!«

Was sagt der König zu den Menschen zu seiner Linken (Vers 41)?

Autsch! Wenn es Zeit ist, Jesus zu treffen, auf welcher Seite willst du sein?

Natürlich auf der rechten Seite.

Gott nimmt das Leben der Armen so ernst, dass er sie immer wieder und wieder in seinem Wort erwähnt.

MAX

Jim Wallis machte sich eines Tages mit der Schere an seiner Bibel zu schaffen. (Wir empfehlen das nicht!) Er war Theologiestudent, als er und einige seiner Studienkollegen sich entschieden, ein paar Verse herauszuschneiden. Sie nahmen eine Operation an allen 66 Büchern vor – von 1. Mose bis zur Offenbarung. Jedes Mal, wenn ein Vers Armut, Reichtum, Gerechtigkeit oder Unterdrückung erwähnte, schnitten sie ihn aus. Sie wollten sehen, wie eine Bibel ohne Mitgefühl aussah. Als sie fertig waren, lagen fast 2000 Verse auf dem Boden![19]

Wenn du die Sorge um die Armen aus der Bibel ausschneidest, dann schneidest du den Kern aus Gottes Wort aus. Gott macht die Armen zu seiner Priorität. Wenn die Hungrigen beten, dann hört er es. Wenn Waise weinen, dann sieht er es.

MAX

JENNA

Ihr Name ist Chaltu. Sie ist 14 Jahre alt. Sie liebt es, mit ihren Freunden abzuhängen, und hasst ihre Hausarbeit, sie geht gern zur Schule, ist aber gestresst, weil sie keine Zeit für die Schulaufgaben hat. Sie träumt davon, Sängerin zu werden und aus ihrer kleinen Heimatstadt herauszukommen, sodass sie die Welt sehen kann.

Was unterscheidet sie von einem durchschnittlichen amerikanischen oder deutschen Teenager?

Lass uns mal diese Liste durchgehen:

1. Chaltu lebt in einer Lehmhütte in Äthiopien.
2. Sie kümmert sich Vollzeit um ihre Großmutter, denn ihre Eltern sind gestorben. (Nimm die Aufgaben, die du zu Hause zu erledigen hast, und multipliziere den Schwierigkeitsfaktor mit 100. Ohne Strom, ohne gutes Waschpulver, ohne Waschmaschine, ohne Trockner – da kannst du dir vielleicht vorstellen, wie hart ihre Hausarbeit ist!)
3. Während wir unsere Hausaufgaben vielleicht nicht wegen eines Tennisturniers oder eines Chorauftritts fertig bekommen oder weil wir zu viel mit unseren Freunden unterwegs sind, kann Chaltu ihre Hausaufgaben wegen des Wassers nicht fertig machen. Wegen des Wassers? Ja, es dauert einen vollen Tag, um zum Wasserloch zu gehen – demselben Wasserloch, aus dem Kamele und Affen trinken –, die schweren Wasserkrüge zu füllen und den langen Weg nach Hause zu gehen.
4. Chaltus Vorstellung, die Welt zu sehen, bedeutet, zur nächsten Stadt zu reisen (Nazaret, 20 Fahrminuten entfernt). Sie kann davon nur träumen, denn Autos und Straßen gibt es nur sehr wenige in ihrem Dorf.

Die Hauptursache, die mein Leben anders als das von Chaltu macht, ist mein Geburtsort. Ich mochte auch keine Hausarbeit, träumte auch davon, ein Rockstar zu werden, wollte auch die Welt sehen und machte mir Stress wegen der Schule. *Aber* ich wuchs in Amerika auf – dem Land der Möglichkeiten, in dem Träume wahr werden, wo man ein Dach über dem Kopf, gerammelt volle Schränke und sauberes Leitungwasser hat. Chaltu jedoch wurde in einem Land geboren, in dem Bäder und Schuhe Luxus sind, in dem Träume zu Albträumen werden, wenn die Eltern sterben, und wo man täglich ums Überleben kämpft.

Jenna und Chaltu[20]

Wenn ich an die Mittellosen denke, für die ich ein offenes Herz haben soll, dann denke ich an Chaltu.

Mein Vater denkt an Dadhi.

JENNA

MAX

Ich habe ein wenig über diesen einen Morgen auf der äthiopischen Farm von Dadhi nachgedacht. Dadhi ist ein kräftiger, sich abmühender Ehemann und Vater. Seine Lehmhütte mit dem Erdboden würde leicht in meine Garage passen. Die handgeflochtenen Körbe seiner Frau zieren die Wände der Hütte. An den Seiten stehen aufgerollte Strohmatten, die bei Einbruch der Dunkelheit ausgerollt werden, damit alle sieben Familienmitglieder auf ihnen schlafen können. Dadhis fünf Kinder lächeln schnell und umarmen mich fest. Sie wissen nicht, wie arm sie sind. Doch Dadhi weiß es.

Er verdient auf einer Farm in der Nähe weniger als einen Euro pro Tag.

Er würde auf seinem eigenen Land arbeiten, doch sein Ochse verlor durch eine Krankheit sein Leben.

Es war sein einziger Ochse.

Ohne Ochsen kann er nicht pflügen. Ohne gepflügtes Feld kann er kein Getreidesaatgut säen oder ernten.

Alles, was er braucht, ist ein Ochse.

Ochsen sind für Bauern sehr nützlich. Sie helfen dabei, ihren eigenen Treibstoff zu säen und zu ernten (denk mal darüber nach), arbeiten gut in hügeligem Gelände, auf dem ein Traktor nicht fahren kann, und können Böden bearbeiten, die zu nass für Maschinen sind. Sie kosten auch weniger als Maschinen und brechen nicht so oft zusammen.

Dadhi ist tatkräftig und fleißig. Er hat ein Handwerk gelernt und ist seiner Frau treu. Er hat keine Verbrechen begangen. Die Nachbarn respektieren ihn. Er wirkt so intelligent wie ich, wahrscheinlich sogar intelligenter. Er und ich haben dieselben Hoffnungen und Träume. Ich habe sie in dieser Tabelle aufgelistet.

Eigenschaften	Dadhi	Max
körperlich kräftig	x	x
arbeitswillig	x	x
hat eine Berufsausbildung	x	x
liebt die Familie	x	x
drogenfrei	x	x
guter Ruf	x	sag du es mir

Wir haben viel gemeinsam.

Aber du musst nicht 16 Stunden mit dem Flugzeug reisen, um einen Dadhi oder auch zwei zu finden. Sie leben in dem Pflegeheim, an dem du auf dem Weg zur Kirche vorbeifährst. Sie sammeln sich an der Tankstelle an der Ecke. Sie hängen nach der Schule am Bahnhof oder im Einkaufszentrum rum. Sie sind die Armen, die Untröstlichen, die Obdachlosen, die Freunde mit kaputten Familien, die Menschen mit Abhängigkeiten und diejenigen, die blind für die Liebe sind, die Gott für sie bereithält.

MAX

In Armut lebende Kinder gibt es nicht nur in Ländern der sogenannten Dritten Welt, sondern auch in Deutschland. Bundesweit leben mehr als 2,5 Millionen Minderjährige unter der Armutsgrenze. Das Kinder- und Jugendwerk »die Arche« kämpft dagegen an und bietet in seinen Einrichtungen an zehn Standorten täglich kostenlos eine vollwertige, warme Mahlzeit, Hausaufgabenhilfe, sinnvolle Freizeitbeschäftigungen und vor allem viel Aufmerksamkeit für die Kinder an. Du kannst in Armut lebenden Kindern mit einer Sach- oder Geldspende oder mit einer Patenschaft helfen. Weitere Infos findest du unter www.kinderprojekt-arche.de.

Da Gott nun deine Augen für die Nöte der Menschen um dich herum geöffnet hat, wo kannst du anfangen?

Lass uns zurück zur ersten Christengemeinde gehen.

In diesen ersten Tagen wuchs die Kirche so schnell, dass sich bald Not leidende Menschen in ihrer Mitte fanden. Einige von ihnen waren Witwen – Frauen, deren Ehemänner gestorben waren. Sie hatten keine Einkommensquelle, keine Sozialhilfe oder Betriebsrente. In der Kultur ihrer Zeit sorgte normalerweise die erweiterte Familie für ihre Unterstützung. Doch die erweiterte Familie akzeptierte ihren neuen Glauben nicht und verstieß sie. So blieb den Witwen, die entschieden hatten, Jesus nachzufolgen, nur ein Ort übrig, an den sie sich wenden konnten: ihre neue Gemeinde.

Und was tat diese? Die Gemeinde verteilte Essen, Kleidung und Geld – täglich. Das war's.

Klingt einfach, nicht? Jeder teilte, was er schon hatte. Jeden Tag.

Kannst du vielleicht auch mit dem beginnen, was du schon hast? Du hast viele deiner Fähigkeiten und Talente und gottgegebenen Gaben entdeckt. Jetzt schau, was du für Ressourcen hast.

Hast du Geld gespart? Verdienst du regelmäßig Geld?

Wie wäre es, Kleidung, Schuhe, Dekoartikel oder Lebensmittel zu teilen? Unbenutzte Gutscheinkarten?

Hier ist noch ein guter Vorschlag: Wie sieht es mit freier Zeit nach der Schule, an Wochenenden und während der Schulferien aus?

Das schwere Erdbeben auf Haiti im Jahr 2010 hat mehr als 250 000 Menschen das Leben gekostet, etwa 300 000 Menschen wurden schwer verletzt und 1,3 Millionen sind seitdem obdachlos. Viele Menschen auf der ganzen Welt haben daraufhin Geld gespendet. Allein 19,1 Millionen Euro gingen als Spenden beim Hilfswerk der deutschen »Caritas« für die »Haiti Hilfe« ein.

Vielleicht versuchst du es mal mit einem Brainstorming. Notiere auf dieser Seite einfach alles, was dir zur Verfügung steht und gerade einfällt. Wenn du bereit bist zu geben, was du hast, dann kann Gott damit Wunderbares tun. Im Matthäusevangelium ist beschrieben, wie Jesus einige Laibe Brot und kleine Fische nimmt und damit eine riesige Menschenmenge speist – nicht einmal, sondern zweimal. Im 14. Kapitel heißt es, dass er 5 000 Menschen mit fünf Broten und zwei Fischen speist.

Im 15. Kapitel steht dann, dass er 4 000 Menschen mit sieben Laiben Brot und ein paar Fischen sättigt. In beiden Geschichten bleiben sogar einige Körbe mit Essen übrig.

Kann Gott vielleicht deine Spende von kaum gebrauchten Pullovern, Decken und neuen Socken annehmen und sie multiplizieren, um Menschen warm zu halten? *(Für ihn ist das kinderleicht.)*

Würde er Lebensmittel, die du sammelst, gebrauchen, um damit weit mehr Menschen zu sättigen, als du dir vorstellen kannst? *(Das ist genau sein Ding.)*

Kann er womöglich eine einfache Beziehung nutzen, die du mit einem einsamen Altersgenossen beginnst, und auf diese Weise deinen Freundeskreis fürs Leben ausbauen? *(Mit Leichtigkeit!)*

Und jedes Mal, wenn du etwas gibst, kommt der Segen zu dir zurück. *(Das ist die Glasur auf dem Kuchen. Mit Streuseln verziert.)*

Der Geist des Herrn ist auf mir, weil er mich gesalbt hat, den Armen frohe Botschaft zu verkünden; er hat mich gesandt, zu heilen, die zerbrochenen Herzens sind, Gefangenen Befreiung zu verkünden und den Blinden, dass sie wieder sehend werden, Zerschlagene in Freiheit zu setzen, um zu verkündigen das angenehme Jahr des Herrn.
(Lukas 4,18-19; S)

Eine letzte Frage: Bist du schon hungrig?

Hungrig danach, deinen Teil zu Jesu To-do-Liste für die Welt beizutragen?

MAX

- Menschen heilen, die zerbrochenen Herzens sind,
- Gefangenen Freiheit verkünden,
- die Blinden sehend machen,
- Zerschlagene in Freiheit setzen
- und das angenehme Jahr des Herrn verkündigen.

Und das ist das Tolle am letzten Teil: »Das angenehme Jahr des Herrn« erinnerte die Menschen an das Jubeljahr, eine Feier, die zweimal in hundert Jahren stattfand und von Gott genutzt wurde, um den Neustart-Knopf in der Gerechtigkeitsmaschinerie zu drücken.

Jubiläum (Substantiv):
festlich begangener Jahrestag eines bestimmten Ereignisses

jubilieren (Verb):
1. jubeln, frohlocken
2. ein Jubiläum feiern

(Duden)

Das Jubeljahr lief folgendermaßen ab: Es begann am Versöhnungstag. Alle Felder durften ruhen, und es war keine Feldarbeit erlaubt. Für ein Jahr konnte sich das Land von den vorausgegangenen 49 Jahren der Saat und Ernte erholen. Ein weiterer Nutzen des Jubeljahres bestand darin, dass aller Besitz den ursprünglichen Eigentümern zurückgegeben wurde. In dieser Ackerbau treibenden Gesellschaft war Land die Kapitalanlage, das ganze »Ersparte«. Familien konnten ihr Land durch Tragödien, Krankheit oder sogar Faulheit verlieren. Die Vorkehrungen im Jubeljahr garantierten, dass jede Familie zumindest zweimal in hundert Jahren die Gelegenheit erhielt, finanziell wieder auf die Beine zu kommen.

Zusätzlich wurden alle Sklaven freigelassen. Jeder, der in die Sklaverei verkauft worden war oder der sich selbst in die Sklaverei verkauft hatte, um Schulden abzubezahlen, war befreit.

Juhu! Wieder fruchtbarer Boden. Keine Schulden mehr. Das Vermögen zurückerhalten. Die Knechtschaft beendet!

MAX

Gestalte dir deine eigene Jubeljahrzeit. Erlass jemandem die Schulden. Gib alle Dinge zurück, die du dir ausgeliehen und vergessen hattest (das Lieblingsshirt des Freundes, das Buch aus der Bücherei, die Bürste deiner Schwester). Wo du schon dabei bist: Versuch allen Groll abzulegen, den du mit dir herumträgst. Lass ihn los und vergib denen, die dich verletzt haben. Falls du jemanden kennst, der auf dich böse ist, dann tu, was du kannst, um die Beziehung zu verbessern. Und dann feiere!

Wäre es nicht großartig, wenn wir ein Jubeljahr hätten und alle Sklaven auf der Welt heute freigelassen würden?

Wie?

Du wusstest nicht, dass es auf dieser Welt noch Sklaven gibt? Du dachtest, Abraham Lincoln hätte das vor langer Zeit beendet? Laut den Nachforschungen von Siddharth Kara gab es Ende 2006 sogar mehr als 28,4 Millionen Sklaven, und Kara glaubt, dass die Anzahl zunimmt.[21] Sie müssen endlich freikommen. Lies mal, was der 18-jährige, heute aktive Sklavenkämpfer Zach Hunter dazu zu sagen hat (auch als *Abolitionist* bekannt, aber wir brauchen nicht so ein abgehobenes Wort).

Zachs Geschichte

»Ich war zwölf Jahre alt, als ich das erste Mal von Sklaverei hörte«, erzählte uns Zach.[22] »Es war Februar, der Black History Month[23], und ich erfuhr etwas über die erstaunlichsten Männer und Frauen, die je gelebt hatten: Aktivisten und Abolitionisten, die für ihre eigene Freiheit und die Freiheit der anderen kämpften.

Meiner Meinung nach ist Sklaverei die peinlichste Sache in der Geschichte Amerikas – dass Menschen denken, es sei in Ordnung, jemanden zu besitzen, nur weil er eine andere Hautfarbe hat, brachte mich echt auf die Palme. Ich wünschte, dass ich zu der Zeit geboren worden wäre, sodass ich etwas dagegen hätte tun können. Ich kam nach Hause und redete mit meiner Mutter darüber. Ich fand raus, dass 27 Millionen Menschen auf dieser Welt in körperlicher Leibeigenschaft leben und die Arbeit von jemand anderem tun, als Sex-Sklaven benutzt werden, meine Kleidung oder die Schokolade herstellen, die ich dann in Amerika konsumiere. Es machte mich richtig wütend und wurde für mich zum leidenschaftlichen Thema. Ich dachte immer weiter darüber nach und vergaß darüber sogar mein Mittagessen!

Mein erster Gedanke war: ›Was kann ich tun?‹ Wenn man mich in Sklaverei hielte, würde ich wollen, dass mich jemand befreit. So einfach war das.«

Zach hatte schließlich die Idee, dass die Schüler seiner Schule Geld sammeln und spenden könnten, um bei der Beendigung der Sklaverei zu helfen. So begann *Loose Change to Loosen Chains* (LC2LC – »Gib Bargeld, um Ketten zu lösen«). Heute sind weltweit Kindergartenkinder bis Oberstufenschüler an der Gründung von LC2LC-Kampagnen beteiligt, und International Justice Mission nutzt die Spendengelder, um die Sklaven von heute zu befreien.

Zach Hunter spricht vor mehr als 1000 Teenagern über die Sklaverei

»Ich erzählte meinen Eltern, dass ich Geld sammeln und den Leuten davon erzählen wollte. Danach sprach ich mit meinem Rektor«, erzählt Zach. »Ich fragte ihn, ob ich vor der Schulversammlung sprechen könnte. Es graute mir davor. Ich habe wahnsinnige Angst davor, vor Menschen zu sprechen, die ich kenne. Ich war sicher noch blasser als sonst. Aber ich ging dann einfach zum Mikrofon und gab meine Botschaft weiter. Die Reaktionen waren unglaublich.

Das Erstaunliche war, dass die Klassen, die am meisten gaben, die Vorschulklassen, Erstklässler und Zweitklässler waren. Einige Menschen wollen nicht, dass Erstklässler die Wahrheit über die Sklaverei erfahren, weil das viel zu heftig für sie sei. Aber man kann darüber auf altersgemäße Weise sprechen, und dann wollen sie ganz groß helfen.«

Zachs Leidenschaft dafür, anderen von diesem Thema zu erzählen, öffnete ihm die Türen, um im Weißen Haus eine Rede zu halten. Es brachte ihn auch auf eine Tour zu christlichen Musikfestivals im Sommer, wo er für den Film Amazing Grace warb – die Geschichte von William Wilberforce, dem führenden Kopf beim Kampf für ein Verbot der Sklaverei in Großbritannien. Danach brachte Zach seine Botschaft auch zu Papier, um Teenager zu motivieren, und schrieb Bücher.

»Ich denke, dass viele in meiner Generation etwas verändern wollen, aber wir müssen dazu die Leidenschaft haben«, sagt Zach. »Für mich ist Handeln der Unterschied zwischen Interesse und Leidenschaft. Es ist wie ein Feuer in meinem Körper, das es mir nicht erlaubt, in eine andere Richtung zu schauen. Und damit deine Leidenschaft konstruktiv ist, muss sie von Gott kommen. Hitler war einer der leidenschaftlichsten Menschen, die je lebten, aber seine Leidenschaft war so zerstörerisch, so böse. Sie [die hilfreiche Leidenschaft] muss von Gott kommen, und ich denke, er gibt sie freigiebig, wenn man nur darum bittet.«

MAX

Gott liebt es, wenn wir eine Leidenschaft für Chancengleichheit haben, um die Mittellosen und die kleinen Spieler im Team willkommen zu heißen. Er möchte, dass wir unsere Fähigkeiten und Mittel kombinieren, sodass wir die ultimative Meisterschaft für ihn gewinnen können.

Haben wir schon einige Spiele gewonnen?

Nicht genügend, um die Meisterschaft zu erreichen.

Es ist zwar wahr, dass einige Menschen arm sind, weil sie faul sind. Die sollten sich mal ein wenig mehr anstrengen. Andere sind jedoch arm, weil Parasiten ihren Körper schwächen, weil sie sechs

Stunden am Tag damit beschäftigt sind, Wasser zu holen, weil Rebellenarmeen ihr Land und ihre Höfe verwüstet haben oder weil ihre Eltern an Aids starben. Könnten diese Menschen nicht ein kleines Jubeljahr gebrauchen? Ein wenig Geld, um Ketten zu lösen?

Natürlich könnten sie das. Deshalb:

Die Kirche soll sich für die Armen einsetzen. Die Apostel haben das getan:

> Deshalb beriefen die zwölf eine Versammlung aller Gläubigen ein (Apostelgeschichte 6,2).

Sie riefen die ganze Gemeinde zusammen. Jedes Mitglied sollte aus Sicht der Leiter wissen, dass diese Gemeinde Armut sehr ernst nahm. Die endgültige Lösung für die Armut liegt in der Leidenschaft der Menschen, die zu Gott gehören. Die Bibel nennt das Hilfsbereitschaft unter Gottes Kindern, die vom Heiligen Geist angeregt ist.

Hier ist noch eine andere Idee. Lass dich wie Zach, als er von der modernen Sklaverei hörte, *so richtig in Rage bringen*. Ja, genau: Werde so wütend, dass du in Aktion trittst. Heiliger Zorn würde eine Menge Gutes bewirken. Warum gehen eine Milliarde Menschen jeden Abend hungrig zu Bett?[24] Warum sterben fast 30 000 Kinder jeden Tag – eines alle drei Sekunden – an Hunger und vermeidbaren Krankheiten?[25]

Eins – eintausend.
Zwei – zweitausend.
Drei – das ist einfach nicht fair.

Was tut deine Gemeinde, um den Armen zu helfen? Falls du es nicht weißt, nutze deine detektivischen Fähigkeiten und finde es heraus! Du könntest das Gemeindebüro anrufen, einen Termin mit deinem Pastor ausmachen oder deinen Jugendleiter persönlich ansprechen. Frag nach, wie sich deine Kirche im Ort engagiert, in deinem Land und überall auf der Welt. Nah und fern gibt es Menschen, die alles, was sie hatten, in Stürmen, Überschwemmungen oder durch Brände verloren haben. Menschen mit Familien und keinem Einkommen. Menschen, die hungrig sind oder medizinische Hilfe brauchen.

Was hast du herausgefunden?

Jetzt kommt der aufregende Teil. Wie kannst du dich einbringen?
Auf welche Weise könntest du mehr tun?
Vielleicht könnte deine Gemeinde oder Jugendgruppe

- ein paar Dinge auf dem Flohmarkt verkaufen und das verdiente Geld verwenden, um einen Ochsen, eine Kuh, ein Schaf oder einen Ziegenbock für eine Familie in einem anderen Land zu kaufen.
- Waffeln backen oder Spaghetti Bolognese kochen und bei der nächsten Gemeindeveranstaltung verkaufen.
- Jacken und Decken für die Obdachlosen sammeln. Oder für Kinder in den örtlichen Schulen oder in Notunterkünften, die Jacken, Handschuhe und Mützen brauchen.
- eine christliche Organisation suchen, die ihr unterstützen möchtet (Vorschläge: *JVV – Jesus verbindet Völker*: www.j-v-v.de oder die *Heilsarmee*: www.heilsarmee.de). Sammle zum Beispiel in deinem Freundeskreis Geld oder Kleidung für eine dieser Organisationen.
- Waisen einladen – oder Teenager, die in einer Pflegefamilie leben, und sie in deiner Gemeinde integrieren.

> In vielen Krankenhäusern kann man ein Schülerpraktikum absolvieren. Die Tätigkeiten der Praktikanten sind zwar eingeschränkt, aber Blutdruck, Puls und Fieber messen, Betten machen, Essen austeilen und eventuell bei Visiten dabei sein können durchaus zu den Aufgaben gehören.

Was für Ideen hast du? Liste hier die Ersten auf.

1. ______________________________

2. ______________________________

3. ______________________________

4. ______________________________

»Oxfam Deutschland e.V.« ist eine unabhängige Hilfs- und Entwicklungsorganisation, die sich dafür einsetzt, dass Armut und Ungerechtigkeit in der Welt überwunden werden. »Oxfam« gibt es in fast 100 Ländern und startet unterschiedliche Projekte und Kampagnen, um ärmeren Menschen in den verschiedensten Ländern der Welt zu helfen.

Eine Möglichkeit besteht zum Beispiel darin, Geld zu spenden, um eine Kuh (Spendenhöhe: 78 Euro) oder zwei Schafe (Spendenhöhe: 48 Euro) zu kaufen und damit Familien in Äthiopien zu unterstützen. Besitzen Menschen in Äthiopien nämlich Vieh, dann sichert es ihre Existenz, da sie nun Milch, Dünger und Nachwuchs der Tiere bekommen. Mit einer allmählich anwachsenden Herde ist sichergestellt, dass sich die Familie ernähren kann und überschüssige Produkte verkauft werden können. Dadurch wird es den Kindern ermöglicht, zur Schule zu gehen.

Weitere Infos findest du unter http://www.oxfam.de/spenden/aethiopien-existenzsicherung.

MAX

Die Intelligentesten unter uns sollen Leiter sein.

> Deshalb, Freunde, wählt unter euch sieben Männer mit gutem Ruf aus, die vom Heiligen Geist erfüllt sind und Weisheit besitzen. Ihnen wollen wir die Verantwortung für diese Aufgabe übertragen (Apostelgeschichte 6,3).

Die Apostel stellten ihre besten Leute für ihr größtes Problem ab. Die Situation erforderte es. Einfache Lösungen gibt es einfach nicht. Als junger Mensch weißt du wahrscheinlich nicht, was du gegen die riesige nationale Schuldenlawine tun kannst oder gegen den Mangel an lebensrettenden Medikamenten, gegen die Korruption, die in vielen Ländern herrscht, gegen die Entführung und Sklaverei von Kindern. Die meisten Erwachsenen wissen auch nicht, was man dagegen tun kann, aber einer weiß es!

Einige Leute verwenden jedes Gramm ihrer gottgegebenen Weisheit für die Lösung dieser Probleme, und du könntest einer von ihnen sein. Wir brauchen die Klügsten und Besten, um das Vermächtnis des Jerusalemer Einsatzkommandos aus Apostelgeschichte 6 fortzuführen.

Könntest du deinen Grips, mit dem du gesegnet bist, nutzen, um dich in der Schule etwas mehr anzustrengen? Etwas mehr zu lernen als nötig? Tiefer zu gehen? Warum machst du es dir nicht zum Ziel, in den Bereichen, in denen du begabt bist, alles aufzusaugen, was du kannst?

Du hast Gaben zum Weitergeben, Gaben, die andere brauchen. Wenn du deine Fähigkeiten nicht verfeinerst, bekommt jemand die Lösung, die du hast, vielleicht nicht mit.

MAX

JENNA

Viele Mädchen in der Mittelstufe haben die täglichen Streitereien untereinander satt, aber sie tun nichts dagegen. Anna und Kathrin entschieden sich dafür, anders zu sein.

Sie sind Schwestern, die in die siebte und achte Klasse gehen und eine Kleingruppe gründeten, die einmal wöchentlich gleich nach der Schule stattfindet. Dadurch werden nicht nur andere Mädchen ermutigt und bekommen eine Perspektive, sondern auch für Anna und Kathrin ist es eine Chance, um endlich an einem Strang zu ziehen! (Schwestern sind da noch einmal ganz besonders herausgefordert.)

David, ein Achtklässler, der in meine Gemeinde geht, verlor vor nicht langer Zeit seine Mutter bei einem Autounfall. Aber anstatt nun Gott und das Leben zu hassen, weil seine Mutter nicht mehr da war, gebrauchte David seine Geschichte als Chance, um von Gott und dem wahren Leben zu erzählen. In der Woche, als seine Mutter starb, hielt er auf dem Schulgelände eine Rede vor seinen Mitschülern. Er sagte, dass Jesus Christus seine einzige Hoffnung sei und dass seine Mutter jetzt im Himmel lebe. David bot ihnen dann an, ihn anzusprechen, wenn sie Jesus kennenlernen wollten.

David gebrauchte seine Geschichte. Anna und Kathrin nutzten ihre Probleme. Sie ergriffen die ihnen gegebenen Gelegenheiten beim Schopf, um etwas zu verändern.

JENNA

MAX

Niemand kann alles tun, aber jeder kann etwas tun.

Einige Menschen können fasten und beten. Andere können studieren und verkündigen.

Für nur einen Euro am Tag kannst du das Leben eines Kindes für immer verändern, indem du eine Patenschaft bei Organisationen wie »World Vision« oder »Compassion« beginnst. Sie kümmern sich um Lebensmittel, Ausbildung, Nachhilfe, das Evangelium und vieles Weitere, was Not leidende Kinder in der Welt brauchen. Nur 30 Euro im Monat heißt, auf eine Limo, einen Schokoriegel oder ein Päckchen Kaugummi am Tag zu verzichten. Klick mal auf www.worldvision.de oder www.compassion-de.org.

Wie sieht es mit dir aus? Komm raus aus der Komfortzone. Warum leitest du nicht eine Kleingruppe oder lässt dich als Schulsprecher aufstellen? Oder warum hilfst du nicht, Geld zu sammeln für einen Bauern, der einen Ochsen braucht?

Vor einigen Tagen habe ich Post von Dadhi erhalten. Darin war ein Foto von ihm und einem neuen Familienmitglied: einem neuen, 140 Kilogramm schweren vierbeinigen Familienmitglied – einem Ochsen. Beide lächelten. Ich glaube, Gott auch.

MAX

Dadhi mit seinen Ochsen[26]

Rein und vorbildlich Gott, unserem Vater, zu dienen bedeutet, dass wir uns um die Sorgen der Waisen und Witwen kümmern und uns nicht von der Welt verderben lassen.

Jakobus 1,27

Gott, Jesus versicherte uns, dass die Armen immer unter uns sein würden. Hilf mir, sicherzustellen, dass es auch umgekehrt wahr ist: dass ich immer unter den Armen bin – helfend, ermutigend und anpackend, wo immer ich kann. Gib mir Ideen und eine Leidenschaft dafür, den Armen zu helfen. Ich bin in meiner kleinen Welt so schnell beschäftigt und selbstbezogen. Würdest du bitte meine Augen dafür öffnen, die Obdachlosen mit den Gaben, die ich habe, zu lieben? Gebrauche mich, um deine Liebe und Hoffnung an die Armen weiterzugeben und vielleicht sogar ihre Anzahl zu verringern. Ich vertraue dir, Jesus. Danke dafür, dass du so reichlich für uns sorgst.
Segne heute die Armen.

In Jesu Namen, amen.

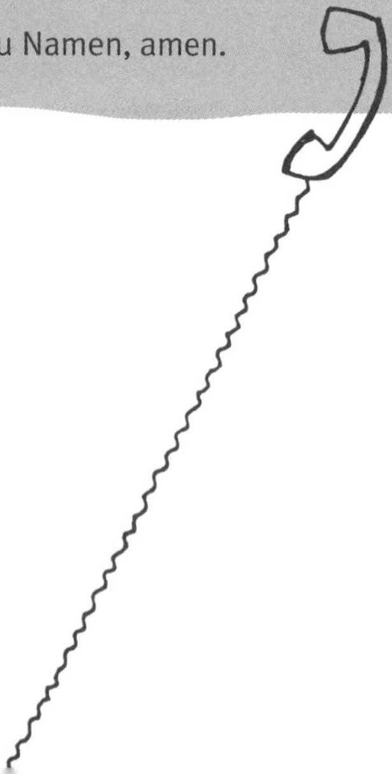

KAPITEL 8

Wenn es Zeit ist, die Boxhandschuhe anzuziehen

Ein Dieb will rauben, morden und zerstören. Ich aber bin gekommen, um ihnen das Leben in ganzer Fülle zu schenken.

Johannes 10,10

Meine Damen und Herren, in dieser Ecke des Boxringes sehen Sie den Herausforderer »Pizza Margherita«.

40 Zentimeter Durchmesser.
Knusperbraun rundherum.
Weich und saftig in der Mitte –
und ordentlich heiß!

Und in der gegenüberliegenden Ecke haben wir den Titelverteidiger und das Schwergewicht »Der Feind«.

4,90 Meter groß,
mit stahlharten Schuppen bedeckt,
nach Schwefel stinkend und Feuer atmend.
Der Feind ist bereit,
den kleinen Teigjungen zu zermantschen.

Wenn du in der Welt für Jesus wirklich etwas bewirken willst, dann sei bereit für den Kampf. Denn seitdem klar ist, dass Gott den Satan eines Tages in die Hölle schicken wird (vgl. Offenbarung 12), ist der Satan entschlossen, so viele von Gottes Meisterwerken mit sich zu reißen, wie er kann. Er hat sich geschworen, es Gott heimzuzahlen, und wie kann er den Schöpfer besser verletzen, als die schönsten Dinge, die er gemacht hat (das sind wir), zu zerstören?

Die Bibel nennt Satan den Drachen und sagt, dass die Menschen, die an Christus glauben, sich mit ihm im Krieg befinden (vgl. Offenbarung 12,17).

Das ist ziemlich harter Tobak, oder? Etwas für Gott auf diesem gefallenen Planeten zu bewirken, ist eine ernste, übernatürliche Angelegenheit. Wenn du Jesus dein Leben anvertraut hast, kann Satan dich letzten Endes nicht kriegen. Wir wissen schon, wer den Meisterschaftstitel bekommt – und er steht auf deiner Seite. Aber wenn du dich in die Pläne des Satans, andere Menschen zu Fall zu bringen, einmischst, wird er gegen dich vorgehen und versuchen, dass dein Glaube keine großen Konsequenzen mehr hat.

Wenn du planst, für Jesus Dinge zu verändern, dann mach dich auf Verfolgung gefasst.

Uns ist schon klar, was du jetzt denkst. Moment. *Wartet mal kurz – Verfolgung? Meint ihr das im Ernst? Ich für meinen Teil mag es gern bequem.*

Darauf zählt der Feind. Einer der besten Tricks, die er parat hat, ist dieser: Er nimmt deine anfängliche Begeisterung für Gott – das Feuer in dir, um die Welt zu verbessern – und spritzt mit einem Wasserschlauch auf diese züngelnden Flammen, bis du triefend und spuckend zum Stillstand kommst. Er schleicht an dein Ohr und zischt: »Das ist zu schwer. Das wirst du nie schaffen.« »Niemanden außer dir kümmert diese Angelegenheit, und du kannst alleine eh nichts ausrichten.« »Komm schon, du willst doch nicht wirklich dein Wochenende dafür opfern, oder?«

Er wird versuchen, dich auf jede erdenkliche Art zu kriegen. Und er ist darin besonders geübt. Er wird dein Selbstbewusstsein erschüttern oder dich mit Stolz aufblasen. Er wird sagen, dass du zu jung bist, zu klein, zu dünn, zu unbeliebt, zu irgendwas, damit du bloß mit deinen Kopfhörern zugestöpselt bleibst, damit du nicht die Boxhandschuhe anziehst und zum Kampf in den Ring steigst. Um für andere zu kämpfen. Für Menschen, die dich brauchen. Um für Menschen zu kämpfen, die Jesus brauchen. Er wird dich überzeugen, dass dich das eigentlich alles langweilt, oder dich mit elektronischen Medien ablenken. Er bringt dich dazu zu denken, dass deine Ideen dumm oder unmöglich umzusetzen sind.

Fast 41 Prozent der deutschen Schüler zwischen 11 und 15 Jahren verbrachte im Jahr 2010 täglich zwischen zwei und vier Stunden vor dem Fernseher.[27] In Deutschland wurden im Jahr 2010 mehr als 117 Millionen SMS pro Tag verschickt.[28]

Zeig dem Satan, dass es dir ernst ist, wenn du Zeit dafür verwendest, deine »geistlichen Muskeln« zu trainieren. Hier sind zwei klassische christliche Autoren, deren Bücher dich sicher anspornen:

- Oswald Chambers: *Mein Äußerstes für sein Höchstes.*[29]
- C. S. Lewis (lies mal mehr als nur die Narnia-Bücher, z. B.): *Pardon ich bin Christ. Meine Argumente für den Glauben.*[30]

Aber weißt du was?

Gott liebt das Unmögliche. Denn bei Gott ist alles möglich (Matthäus 19,26).

JENNA

Okay, jetzt klinge ich bestimmt wie eine Schallplatte mit Sprung, aber im Ernst: Du kannst die Welt nicht allein verändern. Das Unmögliche kann nur durch einen übernatürlichen Gott möglich gemacht werden.

Meine Schwester Sara war erst 19, als sie nach Indien zu einem Missionseinsatz ging. An einem Nachmittag gingen Sara und einige aus ihrem Team zu einer Familie, um ihnen von ihrem Glauben zu berichten. Nachdem sie der gläubigen Hindu-Familie von Jesus erzählt hatten, wollte die Familie unbedingt diese neue Hoffnung für sich annehmen. Doch ich bin sicher, dass sie innerlich auch leicht zögerten.

Um jeden Zweifel an die Macht Jesu Christi auszuräumen, fragte das Missionsteam, ob irgendein Familienmitglied ein Leiden habe, für das sie beten könnten. Tatsächlich rückte die Großmutter damit raus, dass Rückenschmerzen sie schrecklich quälten. Das Team versammelte sich um sie, legte ihr die Hände auf und begann im Namen des Gottes, der alle Dinge möglich macht, zu beten. Gott antwortete treu auf ihre Gebete und heilte den Rücken der Großmutter auf der Stelle. Ihre Augen begannen zu leuchten, ihre Schultern strafften sich und sie begann zu lachen und sogar umherzutanzen!

Du dienst einem Gott, der durch dich heilen, durch dich helfen, durch dich Geduld üben kann und durch dich sogar das Unmögliche tun kann.

JENNA

Gott möchte durch dich das Unmögliche tun, aber manchmal verwechseln wir »möglich« mit »leicht«. Es ist nicht leicht, bequem oder ein Vergnügen, Gott jederzeit zu dienen. Manchmal ist es absolut hart. Es mag manchmal so oder ähnlich ablaufen:

- Lena ist die einzige Christin in ihrer Handballmannschaft. Wenn die anderen nach den Spielen richtig wild abfeiern, geht sie nach Hause. Wenn die anderen auf Mannschaftsfahrten Party machen, geht sie auf ihr Zimmer.
- Jans Klassenkameraden machen es ihm schwer, denn er simst Freunden keine Antworten auf Testfragen und simst auch den anderen keine Lösungen.
- Marias Freundinnen lachten über sie, als sie es ablehnte, ziemlich freizügige Klamotten zu kaufen, während sie gemeinsam shoppen waren.
- Thomas hat zwar eigentlich keine Lust, mit anderen Freiwilligen heute ein Haus zu reparieren. Doch er geht trotzdem, auch wenn er deshalb nicht mit seinen Freunden Fußball spielen kann.
- Hanna will sich an ihren Vorsatz halten, vor der Ehe auf Sex zu verzichten, aber es ist nicht leicht, denn ihre Freundinnen haben nicht das gleiche Ziel.

Nein, es ist nicht leicht, sich für Jesus von der Masse abzuheben, oder? Aber wenn unser Herz für ihn schlägt und wir diese Liebe mit der Welt teilen wollen, dann müssen wir mit einigem Widerstand rechnen.

> Ich habe das Paradox erlebt, dass, wenn ich liebe, bis es schmerzt, kein Schmerz mehr da ist, sondern nur noch Liebe.
>
> Mutter Teresa

Während wir uns vielleicht so fühlen, als würde auf uns rumgehackt oder als würde man uns links liegen lassen, sind in einigen Gegenden auf der Welt Christen echten Gefahren ausgesetzt.

MAX

Xu Yonghai, ein Christ im kommunistischen China, versuchte die Regierung dazu zu bringen, Hauskirchen (die manchmal auch »Untergrundkirchen« heißen) zu legalisieren. Die Regierung antwortete, indem sie ihn zwei Jahre in ein Gefängnis in Peking einsperrte. Seine Zelle war nicht mal sechs Quadratmeter groß. Es gab kein Bad, nur ein Rohr in einer Ecke, aus dem Wasser auf den Beton floss. »Meine Zelle war der letzte Zwischenstopp für Gefangene, die zum Tode verurteilt worden waren«, erzählte er. »Manchmal waren noch drei andere Gefangene in dem kleinen, feuchten Raum, die auf ihren Termin mit dem Scharfrichter warteten.«

Yonghai überlebte durch Gebet, Andachten und Schreiben. Auf die Wände seiner Zelle schrieb er mit einem Stück Seife die Eckpunkte für ein Buch über Gott auf. Als er damit fertig war, lernte er das Geschriebene auswendig. Nach seiner Entlassung verwandelte er seine Gedanken aus dem Gefängnis in ein Buch.

MAX

Rifqas Geschichte

Rifqa Bary meint, dass sie »auf eigene Gefahr« gläubig ist. Die 18-Jährige wanderte als Kind mit ihrer Familie aus Sri Lanka aus und konvertierte als junger Teenager vom Islam zum Christentum. Sie musste ihre Bibel verstecken und sich aus ihrem Elternhaus schleichen, um zu ihren Treffen zu gehen, bei denen sie mit anderen Christen in der Bibel las. 2009, als sie 17 war, lief sie von ihrem Zuhause in Ohio weg und flüchtete sich in das Haus eines Pastors in Florida, weil sie Angst hatte, ihre Eltern, überzeugte Muslime, würden ihr etwas antun oder

sie verstoßen, weil sie Christin geworden war. Sie fürchtete außerdem, dass sie für ihren Glauben getötet werden könnte, falls ihre Familie zurück nach Sri Lanka gehen oder sie dorthin schicken würde. Sie wollte lieber in einer Pflegefamilie untergebracht sein, als nach Hause zu gehen, und bat das Gericht, sie nicht zu ihrer Familie zurückzuschicken. Ihre Angst vor Verfolgung brachte ihr landesweite Aufmerksamkeit in verschiedenen Nachrichtensendern.

»Seit 150 Generationen hat keiner in meiner Familie Jesus gekannt. Ich bin die Erste – stellen Sie sich vor, was für eine Ehre es wäre, mich zu töten«, sagte Rifqa in einem Youtube-Interview.

Nun wird dich deine Familie wahrscheinlich nicht enteignen oder dir irgendein Leid antun, weil du an Jesus glaubst. Aber Familienmitglieder oder Freunde machen sich vielleicht über deinen Glauben lustig. Lehrer kritisieren womöglich deine Überzeugungen. Klassenkameraden könnten über deine Entscheidungen lachen.

Wenn es also hart auf hart kommt – okay, nicht so schlimm wie für Yonghai oder Rifqa, aber unbequem oder frustrierend –, wie können wir uns dagegen wappnen? So wie sie es taten. Yonghai suchte Jesu Gegenwart und fand Stärke. Rifqa stellte sich zu Jesu Ehren ihren eigenen Eltern entgegen. Der Mut kommt, wenn wir darüber nachdenken, was Jesus Christus für uns getan hat.

Wurdest du aufgrund deines Glaubens an Jesus schon verfolgt oder bedrängt?

Wie hast du reagiert? Hast du einen Rückzieher gemacht oder bist du mit erhobenem Kopf da rausgekommen?

Es ist ganz einfach. Du kannst die Schläge des Feindes aushalten und es schaffen, standhaft zu bleiben, wenn du …

MAX

… es wie die Jünger machst:

Jage Jesus nach.
Halte deine Beziehung mit ihm auf dem Laufenden.
Denk darüber nach, wie sehr du geliebt bist.
Lerne seine Worte auswendig.
Rede mit ihm.

Der Mut kommt automatisch, wenn wir mit Jesus leben. Petrus hat es so ausgedrückt:

> Doch selbst wenn ihr dafür leidet, dass ihr das Richtige tut: Gott wird euch dafür belohnen. Also habt keine Angst und seid unbesorgt. Macht Christus zum Herrn eures Lebens. Und wenn man euch nach eurer Hoffnung fragt, dann seid immer bereit, darüber Auskunft zu geben, aber freundlich und mit Achtung für die anderen (1. Petrus 3,14–16).

Schau dir diesen Drei-Punkte-Plan an, um in deiner Beziehung mit Gott gegen jeden Angriff gewappnet zu sein:

1. Lies täglich in der Bibel.
2. Verbringe Zeit mit Freunden und Mentoren, die ebenfalls an Jesus glauben.
3. Bete viel.

Dieser dreiteilige Ansatz funktioniert wunderbar. Wenn du drei einzelne Bindfäden nimmst und stark an ihren Enden ziehst, wird jeder Faden in zwei Einzelteile zerreißen. Wenn du jedoch diese drei Fäden zusammenflechtest, ist es viel schwerer, das Flechtband zu zerreißen. Zusammen ist der Faden viel stärker als in seinen Einzelteilen. Wenn du deinen Glauben auf dreifache Weise stärkst, ist es schwerer für den Feind, dich zu besiegen.

Wenn jemand wirklich Verfolgung erlebt hat, dann waren es die Apostel. Petrus und Johannes könnten dir einiges erzählen. Den einen Moment heilten sie noch die Gelähmten, danach war man schon wieder hinter ihnen her.

> Während Petrus und Johannes noch zu der Menge sprachen, kamen die obersten Priester, der Hauptmann der Tempelwache und ein paar Sadduzäer zu ihnen herüber. Als sie hörten, wie Petrus und Johannes lehrten, dass es eine Auferstehung der Toten gebe, und zum Beweis dafür auf Jesus verwiesen, waren sie höchst beunruhigt (Apostelgeschichte 4,1–2).

Bis zu diesem Zeitpunkt war alles in der ersten Gemeinde recht glatt verlaufen.

Das Pfingstwunder hatte bewirkt, dass es nun 3000 weitere Nachfolger von Jesus gab. Die Gemeinde strahlte übermäßig viel freundliche Gesten, Mitgefühl und Gemeinschaft aus. Die guten Taten der Christen zeigten jedem, dass ihre Gute Nachricht wahr war. Die ersten drei Kapitel der Apostelgeschichte berichten von glücklichen Zeiten.

Doch dann folgt das vierte Kapitel. Die Kirche ist gerade zum Leben erweckt worden, und schon kommen die Schwergewichte der Stadt, »die obersten Priester, der Hauptmann der Tempelwache und ein paar Sadduzäer zu ihnen herüber« (Vers 1). Ein muskulöser Soldat drängt sich durch die Menge. Er hat dickes, schulterlanges, gekräuseltes Haar und eine nackte, geschwellte Brust. Seine stämmigen Beine wirken wie gegossenes Eisen. Um seinen Hals hängt ein Medaillon, das zeigt, wie viel Macht ihm gegeben ist, in seiner Hand trägt er eine Peitsche. Laut Gesetz kann er jeden, der den Tempelhof betritt, verhaften. Er ist gekommen, um dieses Gesetz anzuwenden.

Die Priester folgen ihm: Kaiphas und sein Schwiegervater Hannas. Sie stehen zu beiden Seiten des Tempelhauptmanns, verschränken ihre Arme und geben mit stechendem Blick folgende Warnung ab: »Vergesst nicht, was wir mit eurem Messias gemacht haben. Haben es die Nägel am römischen Kreuz nicht deutlich gemacht?«

Hannas, der Hohepriester, hebt eine Augenbraue in Richtung Petrus. Er weiß noch genau, was dieser Apostel einige Wochen zuvor einem seiner Mitarbeiter im Garten Gethsemane angetan hatte. Als der Sklave und die Soldaten kamen, um Jesus festzunehmen,

> zog Simon Petrus ein Schwert und schlug Malchus, dem Diener des Hohen Priesters, das rechte Ohr ab (Johannes 18,10).

Jesus heilte das Ohr, aber der Hohepriester hatte den Vorfall nicht vergessen. Ich kann mir gut vorstellen, wie Hannas auf sein Ohr deutete und drohte: »Ich hab mit dir noch ein Hühnchen zu rupfen, Petrus.«

Petrus hat in der Zwischenzeit wohl mit einigen eigenen Erinnerungen an den letzten Abend mit Jesus zu kämpfen – nicht nur mit den Gedanken an sein schneidendes Schwert, sondern auch an seine flinken Füße. Er und die anderen Jünger waren aus dem Garten wie die angeschossenen Hasen gewetzt, sodass Jesus seinen Feinden allein gegenübertreten musste. Später am Abend brachte Petrus immerhin so viel Loyalität auf, bei Jesu Prozess zu erscheinen. Aber als die Menschen ihn erkannten, brach Petrus schon wieder ein. Er verleugnete seinen Retter – nicht nur einmal, sondern dreimal. Die erreichte Punktzahl ist also zwei (Verfolgung) zu null (Petrus). Petrus hat in jedem Verfolgungstest versagt. Aber diesmal versagt er nicht.

»Apostel« stammt vom griechischen Wort »apostolos«, was »Bote« oder »einer, der losgeschickt wird« bedeutet.

Das Trio bleibt standhaft. Wenn ihre Beine zittern, dann weil der Bettler gerade erst gelernt hat zu stehen und die Apostel nicht wegrennen wollen. Petrus, der mit dem Heiligen Geist erfüllt ist, sagt zu ihnen:

> Ihr führenden Männer und ihr Ältesten unseres Volkes, werden wir verhört, weil wir einem Gelähmten Gutes getan haben? Wollt ihr wissen, wie er geheilt wurde? Ich erkläre vor euch und dem ganzen Volk Israel, dass er im Namen des Jesus Christus von Nazareth geheilt wurde, des Mannes, den ihr gekreuzigt habt, den Gott aber von den Toten auferweckt hat (Apostelgeschichte 4,8–10).

Kein Rückzieher ist in diesen Worten zu entdecken.

Hannas und Kaiphas knurren wütend. Der Tempelhäuptling presst seine Finger um seine Peitsche. Die Augen der Sadduzäer werden zu engen Schlitzen. Sie starren Petrus und Johannes an. Aber die Apostel rühren sich keinen Zentimeter. Was ist mit ihnen passiert?

Lukas gibt uns in Vers 13 eine Antwort: »Die Mitglieder des Hohen Rats waren erstaunt, wie furchtlos und sicher Petrus und Johannes sprachen, denn sie konnten sehen, dass sie ganz einfache Männer ohne besondere Bildung waren. Außerdem wussten sie, dass diese Männer dem engsten Kreis um Jesus angehört hatten.«

Petrus und Johannes waren mit Jesus zusammen gewesen. Dem Jesus, der wieder lebendig wurde. Dem auferstandenen Jesus. Sie waren bei ihm im Obergemach des Hauses, als Jesus durch die Wand hereinkam und neben Thomas stand, während die Jünger seine Wunden berührten. Sie waren mit ihm am Strand, als Jesus den Fisch zubereitete. Sie saßen 40 Tage lang zu Jesu Füßen, als er ihnen das Reich Gottes erklärte.

Sie hatten eine lange Zeit in der Gegenwart des auferstandenen Königs verbracht. Sie waren Tag und Nacht mit ihm zusammen, hatten ihm zugehört, waren überall mit ihm hingegangen. Und weil sie das getan hatten, konnten sie diesmal nicht schweigen:

> Wir können nicht aufhören, von dem zu erzählen, was wir gesehen und gehört haben (Apostelgeschichte 4,20).

Wir sind nicht auf der Erde gewesen, bevor Jesus am Kreuz starb. Wir kennen nur den Jesus, der bereits den Tod besiegt hat. Wir können mit dem lebendigen König der Könige eine persönliche Beziehung haben. Wir können sein Wort lesen, mit ihm reden und Zeit mit ihm verbringen. Dann können wir es mit dem Feind aufnehmen und ihn k. o. schlagen.

Verbringe heute Zeit mit Jesus. Lies in seinem Wort. Triff dich mit anderen Menschen, die ihm nachfolgen. Suche seine Gegenwart. Und wenn du aufgrund deines Glaubens angegriffen wirst (und das wirst du), dann sei stark.

Wer weiß? Andere Menschen werden dann vielleicht erkennen, dass du mit Jesus zusammen warst – genau wie die Jünger.

MAX

Legt die komplette Waffenrüstung Gottes an, damit ihr allen hinterhältigen Angriffen des Teufels widerstehen könnt (Epheser 6,11).

Denn der Herr zerbricht die Macht der Gottlosen, aber um die, die ihn lieben, kümmert er sich.

Psalm 37,17

Vater, keiner von uns denkt gern an Verfolgung. Und wir wollen das mit Sicherheit nicht erleben! Aber in deiner Weisheit und Gnade warnst du uns, dass Verfolgung auftreten wird. Du erzählst uns diese Dinge nicht, um uns zu ängstigen, sondern um uns auf das vorzubereiten, was vor uns liegt – damit wir ausharren und durchhalten und auch, damit diese schweren Erfahrungen dich verherrlichen und uns weiterbringen.

Hilf mir, die Welt durch deine Augen zu sehen, indem ich mich auf deinen Sohn konzentriere und daran denke, was er am Kreuz vollbracht hat – trotz all der Verfolgung, mit der man ihn bedrängt hat. Welchen Angriffen ich auch immer ausgesetzt sein mag, lass es dir Ehre bringen, Herr, und nutze es, um anderen Christen zu helfen, die ebenfalls angriffen werden.

In Jesu Namen, amen.

TEIL 3
DU WURDEST GESCHAFFEN, UM MAL RICHTIG DIE WELT ZU RETTEN

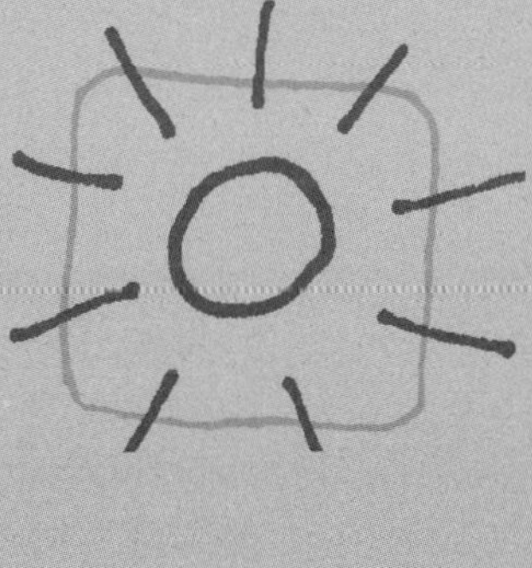

Er wird denen das ewige Leben schenken, die beharrlich das tun, was gut ist, und sich nach der Herrlichkeit, Ehre und Unvergänglichkeit sehnen, die Gott gibt.

Römer 2,7

HALT NACH EINER NOTLAGE AUSSCHAU UND BESEITIGE SIE.

RUTH STAFFORD PEALE

Unterstütze ein Kind … mache Armbänder, um das Spendengeld dafür zu verdienen.

Lass mich heute deine Hände und Füße sein, Jesus.

Frau Meyer hat ihren Arm gebrochen … Harke die Blätter in ihrem Garten.

Das Fußballteam des Kinderheims braucht T-Shirts … Bringe die Jugendgruppe dazu, T-Shirts zu entwerfen und sie dem Team zu schenken.

KAPITEL 9

Wenn eine ganze Generation »Los!« sagt

Alle Gläubigen kamen regelmäßig zusammen.

Apostelgeschichte 2,44

Wenn du dich mal mit Papier und Stift hinsetzt und alle Namen deiner Familienmitglieder aufschreibst, wie viele könntest du auflisten? Deine Mutter, deinen Vater, deine Großeltern, Tanten, Onkel oder Cousinen? Cousinen erweiterten Grades, über zwei Ecken auf der Seite des Onkels des Bruders deines Vaters? Großtante Martha oder Großonkel Heinz? Wie sieht es mit einer Stiefmutter oder einem Stiefvater aus? Mit Geschwistern? Wer sind die Menschen, die mit dir verwandt sind? Erstelle eine Liste deiner engsten Verwandten.

Wer hat den lustigsten oder interessantesten Namen in deiner Familie?

____

Wer steht dir am nächsten?

____

Wer gehört noch zu deiner Familie?
Du wirst vielleicht überrascht sein.

Ob du nun so viele Cousins hast, dass du sie noch nie alle treffen konntest, oder ob du deine engsten Familienmitglieder sofort an einer Hand abzählen kannst: Eigentlich ist deine ganze Familie viel größer, als du denkst. Es ist nämlich so: Wenn du Jesus nachfolgst, dann hast du Familie in der ganzen Welt. In jedem Land und in allen möglichen Lebensumständen. Von jeder Hautfarbe und in jeder Gesellschaftsschicht.

Nach der Shell-Jugendstudie 2010 ist für mehr als drei Viertel der Jugendlichen (76 Prozent) klar, dass man eine Familie braucht, um wirklich glücklich leben zu können.[31]

Du hast Millionen Brüder und Schwestern in Jesus Christus. Sie sind arm, reich, groß, klein. Sie sind Grundschüler und Mittelstufenschüler. Studenten und Supermarktangestellte. Staatsoberhäupter und Vorsitzende großer Konzerne. Sie sind überall um dich herum, und das ist erstaunlich – denn es liegt eine ernst zu nehmende Kraft in einer großen Anzahl. Und Kraft ist eine gute Sache, wenn du etwas verändern willst.

Du bist nun sensibel für das, was in der Welt geschieht. Du fühlst dich furchtbar aufgrund all der Not in der Welt, die nicht gelindert wird. Du willst, dass deine Klassenkameraden ein besseres Leben haben. Du willst, dass jeder auf der Erde genug zu essen hat. Du willst, dass es ein Ende hat mit Vorurteilen und Sklaverei. Du willst, dass Krankheiten behandelt werden. Du willst, dass jeder von Jesus hört.

Du willst wirklich Veränderungen bewirken.

Und das kannst du.
Und das wirst du.

Und das tust du wahrscheinlich schon.

Aber willst du wirklich einen *großen* Unterschied bewirken? *Größer* als in deinen wildesten Träumen?

Einen Achthunderttausend-Euro-Unterschied wie Austin Gutwein oder den Rette-Menschen-vor-Sklaverei-Unterschied wie Zach Hunter? Einen Bringe-Frucht-wo-du-gepflanzt-bist-Unterschied?

Natürlich willst du das.

Dann ist es Zeit, die Familie zusammenzurufen. Ein Familientreffen, wenn du willst. Ja, eines mit den Freunden, Familienmitgliedern, mit Jugendlichen aus der Jugendgruppe oder deiner Klasse, die ebenfalls Jesus nachfolgen und etwas verändern wollen. Sie sind deine Brüder und Schwestern. Ob sie dir nun irgendwie ähnlich sehen oder nicht – sie sind deine Familie. Und wenn eine ganze Generation »Los!« sagt, dann kannst du Berge versetzen.

MAX

Keiner von uns kann tun, was wir alle zusammen tun können. Erinnerst du dich, was Jesus seinen Jüngern auftrug?

> Dann werdet ihr [alle zusammen] den Menschen auf der ganzen Welt von mir erzählen (Apostelgeschichte 1,8).

Jesus gab keine Einzelaufträge. Er ist nicht einen nach dem anderen in der Reihe abgelaufen und hat jeden einzeln ausgezeichnet:

»Du, Petrus, wirst mein Zeuge sein …«

»Du, Johannes, wirst mein Zeuge sein …«

»Du, Maria Magdalena, wirst meine Zeugin sein …«

Sondern: »Ihr (ihr alle) werdet meine Zeugen sein …« Jesus arbeitet in Gemeinschaft.

Das war von Anfang an Jesu Plan.

Zusammenarbeit war für Jesus in der Tat so wichtig, dass es in den frühesten Schriften über die Kirche, die wir in der Apostelgeschichte finden, gar keine Personalpronomen gab. Kein Einziges.

Kein *ich* oder *mich*.

Kein *er* oder *sie*.

Nur viele *sie* und *ihnen*.

> Sie schlossen sich den anderen Gläubigen an, unterstellten sich der Lehre der Apostel und der Gemeinschaft und nahmen teil am Abendmahl und am Gebet. Eine tiefe Ehrfurcht erfasste alle, und die Apostel vollbrachten viele Zeichen und Wunder. Alle Gläubigen kamen regelmäßig zusammen und teilten alles miteinander, was sie besaßen. Sie verkauften ihren Besitz und teilten den Erlös mit allen, die bedürftig waren. Gemeinsam beteten sie täglich im Tempel zu Gott, trafen sich zum Abendmahl in den Häusern und nahmen gemeinsam die Mahlzeiten ein, bei denen es fröhlich zuging und großzügig geteilt wurde (Apostelgeschichte 2,42–46).

Siehst du? Nur Substantive und Pronomen im Plural.

»Sie … unterstellten sich.«

»Eine tiefe Ehrfurcht erfasste alle.«

»Alle Gläubigen kamen regelmäßig zusammen und teilten alles miteinander.«

»Sie verkauften ihren Besitz und teilten den Erlös mit allen.«

»Gemeinsam beteten sie … und nahmen gemeinsam die Mahlzeiten ein.«

MAX

Wir sind alle gemeinsam dabei. Die Bibel sagt sogar, dass wir nicht nur eine Familie sind. Wir sind alle Teil desselben Leibs – des Leibs Christi. Sieh dir diese zwei Verse an:

> Wir gehören zu seinem Leib (Epheser 5,30).

> Christus ist das Haupt der Gemeinde, und die Gemeinde ist sein Leib (Kolosser 1,18).

Wir – zusammen – sind sein Leib. Und wir sollen zusammenkommen und entsprechend handeln.

JENNA

Vergleichen? Warum tun wir das? Neid. Was kümmert uns das? Die Bibel macht klar, dass jeder eine bestimmte Rolle und Aufgabe hat, um die Welt zu verändern.

> Gott hat unseren Körper mit vielen Gliedern und Organen geschaffen und jedem Körperteil seinen Platz gegeben,

wie er es wollte. Was wäre das für ein seltsamer Körper, wenn er nur aus einem einzigen Körperteil bestehen würde (1. Korinther 12,18–19).

Doch aus irgendeinem Grund wollen wir wie das eine Mädchen singen können, wie der eine Junge Gitarre spielen können. So schlau wie sie sein. Basketball wie er spielen können. Wir wollen dauernd jemand anders sein, während Gott sagt: »Nein! Wenn du nicht du bist, dann wird dem Leib ein Teil fehlen. Der Leib kann ohne dich nicht funktionieren.«

Sind das nicht erfrischende Neuigkeiten? Du kannst ganz darin ruhen, du selbst zu sein und zu wissen, dass du für den Leib Christi eine wichtige Rolle spielst.

Also hör auf zu denken, dass die Rolle von irgendjemand anderem besser sei als deine. Lass uns aufhören, uns zu vergleichen und zu denken, dass wir nicht wichtig seien.

Lass uns stattdessen der Wahrheit zuhören:

In Wirklichkeit sind oft gerade die scheinbar schwächeren oder unwichtigeren Körperteile besonders notwendig. Und die Körperteile, die wir verstecken möchten, kleiden wir mit umso größerer Sorgfalt (1. Korinther 12,22–23).

Es sieht so aus, als ob das Ziel lautet, zusammenzuarbeiten und zu verstehen, dass Gott uns als einzelne Zutaten gebraucht, um ein fabelhaftes Meisterwerk zu mixen und zu erschaffen.

JENNA

Ob du nun ein Ohrläppchen, ein Augenlid oder eine Leber bist: Du spielst eine wichtige Rolle dabei, die Welt zu verändern. Du denkst vielleicht, ein Augenlid sei nicht so wichtig wie ein Herz, aber ohne

Augenlid würden die Augäpfel austrocknen. Es würden Fremdkörper ins Auge gelangen, bis es schließlich erblindete.

Du kannst die Welt auf unglaubliche Weise verändern, wenn du mit allen anderen Gliedern zusammenarbeitest. Mit deiner ganzen Familie. Damit der Leib gut funktioniert, müssen alle Glieder in Topform sein – und sie müssen zusammenarbeiten. Einheit ist für Gott wichtig. Denn es gibt

eine Herde mit einem Hirten (Johannes 10,16).

Was passiert also, wenn du bei einer Familienfehde mitmachst? Was, wenn du einfach deinen Bruder oder deine Schwester nicht magst? Was ist, wenn ein Christ, den du kennst, nervig, unbeliebt oder unreif ist? Was, wenn du ständig mit Frau Die-Bibel-kenn-ich-genau oder mit Herrn Geb-vor-Christ-zu-sein-aber-handle-nicht-danach zusammenprallst?

Dann kann der Leib nicht richtig funktionieren.

Und wenn du dich an das letzte Mal erinnerst, als du eine Magen-Darm-Grippe hattest: Ein Körper, der nicht richtig funktioniert, ist kein schöner Anblick.

Und er kann sicherlich nichts verändern.

Wir können anderen Jesus-Nachfolgern nicht sagen »Ich brauche dich nicht« – ob sie nun unsere besten Freunde oder der Typ oder das Mädchen sind, die wir nervig finden, oder die Fremden aus einer anderen Gemeinde oder Schule. Die Sportskanone braucht den Schachspieler. Große Jugendgruppen müssen mit kleineren zusammenarbeiten. Die Musiker brauchen die Sänger. Strukturierte Leitungstypen brauchen kreative Anhänger. Zusammenarbeiten ist ein Gebot.

MAX

Was wäre, wenn der ganze Leib ein Auge wäre? Wenn du eine Sammlung von Augäpfeln wärst, wie würdest du dann funktionieren? Fünf Augen an deiner Hand, die eigentlich ein Auge ist, befestigt an armgroßen Augen, angebracht an einem »Oberkörper-Auge«, von dem dein »Nacken-Auge« abgeht und … Der Gedanke ist lächerlich! Du müsstest in Augentropfen baden. Doch dann wiederum könntest du nicht baden, weil du keine Hände hast.

> Das Auge kann nicht zur Hand sagen: ‚Ich brauche dich nicht.' (1. Korinther 12,21).

> Bemüht euch, im Geist eins zu sein, indem ihr untereinander Frieden haltet (Epheser 4,3).

Warum? Weil Teamarbeit die Welt verändern kann. Das hat Jesus gesagt:

> Und ich sage euch auch: Wenn zwei von euch hier auf der Erde darin eins werden, eine Bitte an Gott zu richten, dann wird mein Vater im Himmel diese Bitte erfüllen. Denn wo zwei oder drei zusammenkommen, die zu mir gehören, bin ich mitten unter ihnen (Matthäus 18,19–20).

Das ist ein unglaubliches Versprechen. Es bedeutet, wenn wir Christen uns einig sind, dann bemerkt Jesus das, ist unter uns und hört unsere Gebete. Er beginnt zu handeln.

Aber wenn wir Christen stattdessen darüber streiten, welche Gemeinde besser ist, ob man gewöhnliches Brot oder die kleinen Oblaten für das Abendmahl nehmen soll, ob christliche Rockmusik schlecht ist oder das Beste seit Erfindung der Schokolade, dann können wir gar nichts ausrichten.

Wenn sich die Mitarbeiter entzweien, dann leiden diejenigen am meisten, die eh schon leiden. Und sie haben doch wohl genug gelitten, oder?

Die Urgemeinde fand einen Weg, um zusammenzuarbeiten. Ihre Gemeinsamkeit im Glauben waren der Tod und die Auferstehung Jesu Christi. Und deshalb wurden Leben verändert. Und wenn du mit anderen Christen zusammenkommst, wird das Auswirkungen im Leben von Menschen haben.

Menschen wie José Ferreira.

Die Geschichte von José und Thomas

José führt eine kleine Apotheke in einem Slum von Rio de Janeiro in Brasilien. Eigentlich ist es nur eine Hütte mit einer Bank, aber seit er Medizin verkauft, trägt sie das handgeschriebene Schild Farmácia (Apotheke). Er eröffnete sein Geschäft mit Medikamenten im Wert von zwei Euro, die er in einer größeren Apotheke in der Innenstadt gekauft hatte. Sobald er die Medizin verkauft hatte, schloss er seinen Laden, ging zu einer nahe gelegenen Bushaltestelle, fuhr eine Stunde zu der größeren Apotheke und kaufte mehr Produkte für seinen Laden.

Wenn er zurückkam, war es bereits dunkel. Deshalb wartete er bis zum nächsten Morgen und wiederholte das Ganze: Den Laden öffnen, das Produkt verkaufen, den Laden schließen, losfahren, um mehr Artikel für den Laden zu holen. An manchen Tagen machte er das zweimal. Da sein Laden so lange geschlossen war, wie er geöffnet hatte, machte er kaum Gewinn.

Er und seine Familie leben im hinteren Teil des Schuppens. Sie überlebten irgendwie von zwei Euro am Tag. Wenn der Regen seine Hütte fortspülte, würde er alles verlieren. Wenn eines seiner Kinder an einem tropischen Fieber erkrankte, würde er wahrscheinlich kein Geld für Medizin haben. José wusste das. Aber was sollte er tun? Er lebt in der Welt der Armen.

Doch während José sich in Rio abmühte, wirkte Gott in London. Ein Taxifahrer mit gutem Herzen namens Thomas las in einer Zeitschrift einen Artikel. Eine Geschichte über etwas, das Mikrokredit heißt.

Die Vorsilbe »mikro« heißt »klein«.

Bei der Mikrofinanzierung gibt man armen Menschen kleine Kredite, sodass sie ihr Einkommen erhöhen können. Auf diese Art sind sie nicht so gefährdet. Thomas, der Taxifahrer, ist nicht reich, aber er fühlt sich reichlich gesegnet. Er würde gern einem Geschäftskollegen auf der anderen Seite des Planeten helfen. Aber wie soll er das tun? Kann ein britischer Taxifahrer einem brasilianischen Unternehmer helfen? Über Organisationen, die Mikrokredite unterstützen, geht das.

Also macht Thomas das.

Einige Tage später wurde José ein Kleinkredit von 42 Euro angeboten. Mit ihm bekommen noch sechs Nachbarn in seinem Ort Kredite. Sie müssen alle füreinander bürgen. Das bedeutet, wenn einer der sieben Personen nicht sein Geld zurückzahlt, dann sind die anderen sechs dafür verantwortlich. Wenn José seinen Kredit nicht zurückzahlt, müssen seine Freunde für ihn aufkommen. Weil die Männer Freunde sind, wird niemand seinen Freund auflaufen lassen wollen. Diese Art von positivem Gruppendruck trägt zum Erfolg der Mikrofinanz-Programme bei.

42 Euro – das bedeutet, dass jeder von nur sieben Freunden oder Nachbarn 6 Euro beisteuern muss, also weniger, als eine Karte für einen Kinobesuch kostet.

José macht etwas aus seinem Kredit. Aufgrund des zusätzlichen Geldes muss er nun nicht mehr täglich hin und her fahren, um Medikamente zu besorgen. Er kann sein Geschäft den ganzen Tag geöffnet lassen. Nachdem sein Unternehmen zwei Jahre gewachsen ist und er seinen Kredit zurückgezahlt hat, hat er 770 Euro gespart, sein eigenes Stück Land gekauft und spart nun für Porenbetonsteine für ein Haus.

2006 erhielt Muhammad Yunus, ein Gründer der Mikrofinanzbewegung, den Friedensnobelpreis.

Wen hat Gott benutzt, um José Ferreira zu helfen? Einen Taxifahrer. Eine humanitäre Organisation. Seine eigenen Freunde und Nachbarn. Sie haben alle zusammengearbeitet. Ist es nicht cool, wie Gott verschiedene Glieder seines Körpers benutzt, um Leben zu verändern?

So ist er auch in Jerusalem vorgegangen. Keiner kann alles tun, aber jeder kann etwas tun. Und wenn wir das tun, dann geschehen *große* Dinge. Es werden *große* Veränderungen bewirkt. In der Apostelgeschichte wird beschrieben, dass die Urgemeinde genau das tat, und so hatten alle das, was sie brauchten. Wollen wir das nicht auch für die Welt?

MAX

Die Apostel bezeugten eindrucksvoll die Auferstehung von Jesus Christus, und mit ihnen war die große Gnade Gottes. Armut gab es bei ihnen nicht (Apostelgeschichte 4,33-34).

»Opportunity International Deutschland« (www.oid.org) ist eine gemeinnützige Stiftung und gehört zum »Opportunity International«-Netzwerk. Dies ist eine der weltweit führenden Organisationen im Bereich Mikrofinanzierung und hilft Menschen in Afrika, Asien, Lateinamerika oder Osteuropa. Du kannst entweder selbst Geld spenden, das für einen Mikrokredit verwendet wird, oder du begibst dich als D-Mark-Detektiv auf die Suche nach alten D-Mark-Münzen und -Scheinen, die du dann an »Opportunity International Deutschland« schickst. Damit werden Kleinkredite für die Gründung und Unterstützung von Schulen in Afrika und Asien vergeben. Weitere Infos findest du unter www.oid.org/helfen/mikrofinanz-fuer-kids/d-mark-detektive.html.

Wenn du dich mit deinen Freunden zusammentust, dann können *große* Dinge geschehen. Das haben auch die Schüler des Remscheider Leibnitz-Gymnasiums nach einer kleinen Starthilfe durch ihren Lehrer erfahren.

Eine Trustbank-Geschichte

Das Remscheider Leibniz-Gymnasium hatte eine besonders kreative Idee, um Spendengelder für *Opportunity International* zu sammeln.

Als Höhepunkt von drei Projekttagen, während derer die Schüler über Entwicklungshilfe, Dritte Welt und im Besonderen auch über die Arbeit von *Opportunity International* aufgeklärt wurden, fand ein Sponsorenlauf statt.

Die Schüler wurden dabei für ihre Anstrengungen bei hohen Temperaturen von Sponsoren, meist Eltern oder Firmen aus der Region, »entlohnt«. So bekam jeder Teilnehmer zwischen 25 Cent und 25 Euro pro zurückgelegte Runde à 400 Meter. Allerdings ging das Geld nicht in die Portemonnaies der Teilnehmer, sondern wurde von ihnen an *Opportunity International Deutschland* gespendet. Insgesamt kamen dabei rund 5 100 Euro zusammen, mit denen nun eine Trustbank in Ghana finanziert werden soll. Eine Trustbank ist eine Gruppe von Kreditnehmern, die sich gegenseitig unterstützt und füreinander bürgt.

Die Projekttage und der Sponsorenlauf wurden maßgeblich von einem Lehrer für Mathematik und Physik am Leibniz-Gymnasium auf die Beine gestellt.

Die Geschichte nahm ihren Anfang, als *Opportunity*-Stiftungsrat Peter vom Baur am Remscheider Gymnasium einen Vortrag über seine Eindrücke von einem Insight-Trip nach Ghana hielt. Einer der Lehrer war von den lebensnahen Schilderungen so beeindruckt, dass er sich näher mit der Arbeit von *Opportunity International* auseinandersetzte. Besonders das Konzept der Trustbank Patenschaften erregte hierbei sein Interesse.

Ihm kam schließlich der Gedanke, zusammen mit Schülern, Eltern und anderen Personen aus Remscheid eine eigene Trustbank-Patenschaft zu übernehmen. So war die Idee des Sponsorenlaufs geboren. Das Ganze sollte sich allerdings unter einem größeren Rahmen abspielen, um die Schüler insbesondere für das Thema Mikrokredite zu sensibilisieren. Die Projekttage standen deshalb ganz im Zeichen von *Opportunity International*.

Opportunity-Mitarbeiter Jan Binder hielt zu diesem Anlass einen Vortrag in der schuleigenen Aula, der den Zuhörern einen direkten Einblick in die Praxis der Mikrokreditvergabe gab. In einem Workshop verfassten zwei Sechstklässler außerdem einen Artikel über die Tätigkeit von *Opportunity International*, der bald darauf in einer Remscheider Lokalzeitung erschien. Darüber hinaus gastierte die *Opportunity*-Bilderausstellung beim Tag der offenen Tür, der kurz vor den Sommerferien am Leibniz-Gymnasium stattfand. Die Besucher wurden so auf die wichtige Rolle der Mikrokredite im Kampf gegen die Armut aufmerksam gemacht.[32]

Was kannst du tun, wenn du deine Freunde zusammengetrommelt hast?

- Wähle einen Treffpunkt aus (ein Gemeindehaus, deine Schule, dein Zuhause), eine Zeit (wöchentlich, jede zweite Woche, bestimmte Abende, Wochenenden).
- Bitte einen oder mehrere Erwachsene, deine Gruppe zu unterstützen und euch dabei zu helfen, Fehler bei Projekten zu vermeiden oder zu beheben.
- Beginnt und beendet jedes Treffen mit einem Gebet. Bittet Gott, dabei zu sein und euch in die richtige Richtung zu führen. Lest auch in der Bibel. Es ist wichtig, gemeinsam mehr über Gott zu erfahren, denn es stärkt euren Glauben. Die Bibel sagt, das sei wie Eisen, das Eisen schärft (Sprüche 27,17).
- Falls dich noch nicht alle aus eurer Gruppe kennen, stell dich kurz vor und erkläre, was du gerne verändern möchtest und warum. Frage auch die anderen, warum sie an dem Treffen teilnehmen und was sie gerne verändern möchten.
- Findet mithilfe eines Brainstormings heraus, was eure Gruppe tun könnte.
- Wenn du ein bestimmtes Projekt für deine Gruppe im Sinn hast, dann bereite dich vorher vor. Finde heraus, welche Art Einsatz oder welches Material gebraucht wird. Überlege im Vorfeld, ob ihr das bewältigen könnt. Könnt ihr so viel Geld sammeln, so viele

Freiwillige zusammenbekommen und zusammenarbeiten, ohne aneinanderzugeraten?

- Beginne mit etwas Leichtem. Wenn dein erstes Projekt zu groß ist, könnte dich das entmutigen, sodass du aufgibst.

Wenn du darüber nachdenkst, eventuell ein Studium zu beginnen, überlege, ob du nicht an einer kirchlichen Hochschule studieren könntest oder ob du im Sommer nach deinem Schulabschluss oder gleich für ein ganzes Jahr eine Bibelschule besuchen oder einen Missionseinsatz im Ausland machen könntest. Das mag vielleicht noch lange hin sein, aber es ist nie zu früh, um auf deine Ziele hinzuarbeiten. Mehr über Gottes Welt zu erfahren und seine Leute an verschiedenen Orten zu sehen, kann dir dabei helfen, etwas zu verändern, das über dein Leben hinaus Bestand hat.

- Kombiniert das, was ihr habt. Macht eine Liste der einzigartigen Talente und des Know-hows von jedem Gruppenmitglied. Findet auch heraus, wie viel ihr an Geld, Zeit, Material oder Essen geben könnt.
- Wenn ihr ein Event plant, dann stellt euch dieses Event als Gast vor – von dem Moment, wenn ihr zur Tür hereinkommt, bis zum Verlassen am Ende der Veranstaltung. Gibt es Schilder, die den Weg weisen? Wirst du an der Tür von einem Helfer begrüßt? Gibt es Eintrittskarten? Wer sammelt das Geld ein? Wenn Essen

serviert wird, soll dann im Stehen oder im Sitzen gegessen werden? Werden Abfalleimer gebraucht? Gelbe Säcke?
Jede Kleinigkeit sollte bedacht werden.

- Geht wohlwollender und gnädiger miteinander um. Akzeptiert eure Unterschiede. Manche Leute kommen immer zu spät. Manche beschweren sich dauernd. Andere wollen im Mittelpunkt stehen. Es braucht den ganzen Leib, um zu tun, was Gott von uns möchte. Seht über die Fehler hinweg und begreift die Einzigartigkeit jeder Person, die Gott in eure Gruppe gebracht hat.

JENNA

Gruppenarbeit in der Schule. Kann es Schlimmeres geben? Es gibt zwei stereotypische Extreme:

- Den Schüler, der alle Arbeit auf sich nimmt und sich nicht auf die Gruppe verlässt.
- Den Schüler, der gar nichts macht und sich zu sehr auf die Gruppe verlässt.

Weißt du, welches Extrem ich war?

Falls du meinst, ich war das Mädel, das der Gruppe nicht gern vertraute, dann hast du recht. Die brave, glatte Einser-Schülerin, die sich keine Bummelei erlauben konnte, da sie dadurch vielleicht ihren Notendurchschnitt versaut hätte. Und das hat mich fast umgebracht! Ich habe nicht nur jede Sekunde Schlaf geopfert, um ein Projekt durchzuziehen, sondern auch den Rest der Gruppe davon abgehalten, ihre Fähigkeiten einzubringen. Ich habe es den anderen ermöglicht, träge zu sein, weil ich ihnen nicht vertraute und weil ich lieber selbst alles unter Kontrolle haben wollte.

Wenn wir im gleichen Team sind, dann schaffen wir sicherlich nicht immer die perfekte Eins plus, aber wir lernen, uns aufeinander zu verlassen, uns miteinander zu freuen, uns einander herauszufordern. Und ist das nicht viel mehr wert als eine vergängliche Note?

JENNA

Wenn ihr zusammenarbeitet, dann könntet ihr einen Getränkestand aufmachen oder für ältere Personen einkaufen gehen. Wenn ihr euch mit anderen zusammentut, dann könnt ihr in den Ferien für andere Kinder in der Nachbarschaft Spiele und kurze Andachten vorbereiten oder eine Lobpreisband starten. Ihr könntet das Haus einer frischgebackenen Mutter sauber machen oder dabei helfen, warme Mahlzeiten an eine bedürftige Familie auszuteilen. Und je mehr ihr tut, desto größer sind die Auswirkungen. Je größer die Auswirkungen, desto mehr werden es die Menschen bemerken. Je mehr es die Menschen bemerken, desto mehr Christen werden mitmachen wollen, und diejenigen, die Jesus nicht kennen, wollen ihn dann vielleicht kennenlernen. Je mehr Menschen mitmachen, desto mehr Hilfe wird die Bedürftigen erreichen.

Schritt für Schritt wird sich die Welt verändern. Es ist aufregend, dabei zuzusehen, aber dabei zu sein kann durch nichts übertroffen werden. Es ist ein großes Abenteuer, das Gott selbst anführt.

Mit jedem getrunkenen Glas Sprudel
wird Menschen geholfen.

Mit jeder Entscheidung für Jesus
wird ein Leben gerettet.

Wenn jedes Körperglied seine Aufgabe erfüllt,
dann wird Gott verherrlicht.

So sieht eine echte Familie aus.

Zwei haben es besser als einer allein: Zusammen erhalten sie mehr Lohn für ihre Mühe. Wenn sie hinfallen, kann einer dem anderen aufhelfen. Doch wie schlecht ist der dran, der allein ist und fällt, und keiner ist da, der ihm beim Aufstehen hilft!

Prediger 4,9–10

Herr, du gibst mir eine unglaubliche Gelegenheit – eine Chance, etwas für dich in einer fürchterlich leidenden Welt zu verändern. Hilf mir, die Nöte zu sehen, die ich sehen soll, und so zu reagieren, dass du geehrt wirst und andere gesegnet werden. Hilf mir, mit anderen im Team zu arbeiten, und hilf uns, dich als Team zu ehren. Gib mir die Stärke, um mit dir und Brüdern und Schwestern in Christus zusammenzuarbeiten und auf die Nöte einzugehen, die du uns zeigst. Hilf mir, deinen Plan für mich in meiner eigenen Generation zu erfüllen.

In Jesu Namen, amen.

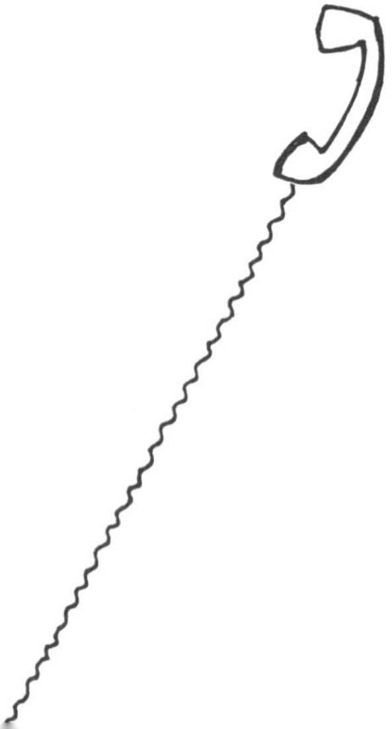

KAPITEL 10

Häng dein Willkommensschild raus

Sie trafen sich zum Abendmahl in den Häusern und nahmen gemeinsam die Mahlzeiten ein, bei denen es fröhlich zuging und großzügig geteilt wurde.

Apostelgeschichte 2,46

JENNA

Ist dir das schon mal aufgefallen? Wir sagen jetzt »simsen« anstatt »reden«.

Ich hab gestern mit diesem Typ geredet.
= Ich hab gestern diesem Typ gesimst.

Kein Wunder, dass es heutzutage so viel Beziehungschaos gibt.

Und wo wir von Kommunikationszusammenbruch reden: Wenn wir uns Kurznachrichten zuschicken, dann können wir nicht den Tonfall der anderen Person hören, ihre Augen sehen, ihr Lächeln bemerken.

Wir fragen uns dann oft:
»Ist sie auf mich wütend?«
»Was glaubst du, meinte er damit?«
»Denkst du, er hat nur Spaß gemacht?«

Und zum Kommunikationszusammenbruch gesellt sich der körperliche Zusammenbruch. Frag mal Annie Levitz, eine Teenagerin, von der ich gerade las, dass bei ihr ein Karpaltunnelsyndrom festgestellt wurde, ein Nervenproblem, das in der Hand und am Handgelenk viele Schmerzen verursacht. Wie sie diese Krankheit bekam? Von den vielen SMS. Nein, das ist kein Scherz.[33]

Aber der erschreckendste Nebeneffekt der Kurznachrichten ist der Verlust an Selbstvertrauen. Viele Jungs gehen nicht mehr auf Mädchen zu, um zu fragen, ob sie zusammen ausgehen wollen. Sie verstecken sich hinter einer sicheren Handytastatur. Mir geht es da nicht viel anders. Wann immer ich irgendwo einen Rückzieher machen muss, ist es viel leichter für mich, eine SMS zu schreiben: »Tut mir leid, ich schaff es nicht«, statt anzurufen und zuzugeben, dass ich mich aus der Sache rausziehe.

Wir streiten, entschuldigen uns, teilen persönliche Erfahrungen – alles über eine Handytastatur. Weißt du, was das mit uns macht? Es macht wirkliche Konfrontationen sehr unangenehm. Es lässt uns auch weniger persönlich werden. Wir verlassen uns auf Wörter, die über Bildschirme flimmern, um das mitzuteilen, was in uns vorgeht, anstatt unsere Augen, Ohren und unseren Mund zu benutzen, die Gott uns gab, um miteinander Kontakt zu haben, zu kommunizieren und Menschen zu lieben.

Will ich damit sagen, dass es schlecht ist, Kurznachrichten zu verschicken? Nein! Ich liebe es zu simsen! Aber entfernt es uns nicht von wahren und persönlichen Beziehungen, bei denen wir uns das Herz ausschütten und unser Leben teilen können? Vielleicht …

JENNA

Es war einmal ein gar nicht so weit entferntes Land, da gab es keine SMS oder Twitter-Nachrichten, soziale Netzwerke im Internet oder sprachaktivierte Navigationsgeräte. Du konntest kein Geld über Pay-

Pal überweisen oder irgendetwas online bestellen. Du musstest echtes Geld haben, und um das zu bekommen, musstest du zur Bank und zu einem Kassierer gehen. Echte Telefonistinnen klickten uns am anderen Ende der Leitung in die Warteschleife. Und irgendwie ging es uns insgesamt besser.

MAX

Man kann unsere Kultur schnell und technisch ausgeklügelt nennen, aber man kann unsere Kultur nicht persönlich nennen.

Unsere Gesellschaft ist auf Isolation angelegt. Wir tragen In-Ear-Kopfhörer beim Hausaufgabenmachen, sehen DVDs, um uns zu Hause die Zeit zu vertreiben, und hören im Auto Musik über unsere iPods. Wir kommunizieren per E-Mail und SMS. Manchmal haben unsere Häuser oder Garagen sogar automatische Toröffner, sodass wir kaum noch auf der Straße sind, um unseren Nachbarn »Hallo« zu sagen. Der Grundtenor scheint dieser zu sein: »Ich lasse dich in Ruhe. Du lässt mich in Ruhe.«

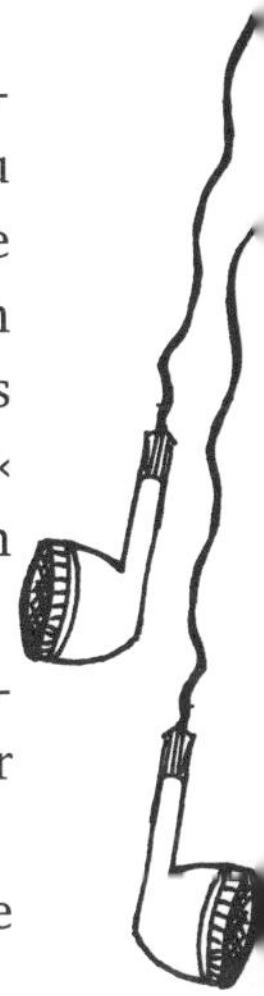

Aber Gott möchte, dass Christen anders sind. Auch wenn alle anderen vor ihren Bildschirmen und Tastaturen sitzen – Gottes Kinder sind Menschen, die ihre Türen und Herzen öffnen.

Lange bevor die ersten Christen Kirchengebäude oder besondere Orte für die Taufe hatten, nutzten sie Küchen oder Esstische:

> Gemeinsam beteten sie täglich im Tempel zu Gott, trafen sich zum Abendmahl in den Häusern und nahmen gemeinsam die Mahlzeiten ein, bei denen es fröhlich zuging und großzügig geteilt wurde (Apostelgeschichte 2,46).

> Und sie fuhren fort, täglich im Tempel und in den Häusern die Botschaft zu verkünden, dass Jesus der Christus sei (Apostelgeschichte 5,42).

Küchen und Wohnzimmer tauchen im ganzen Neuen Testament auf. Die Häuser der Menschen waren der Versammlungsort der Gemeinden:

> An Philemon, unseren geliebten Mitarbeiter ... Darüber hinaus ist der Brief für die Gemeinde bestimmt, die sich in deinem Haus versammelt (Philemon 1–2).

> Grüßt Priska und Aquila ... Grüßt auch die Gemeinde, die sich in ihrem Haus trifft (Römer 16,3.5).

> Bitte grüßt die Brüder in Laodizea von mir, auch Nympha sowie die anderen, die sich in ihrem Haus versammeln (Kolosser 4,15).

Verstehst du, was ich meine?

Es ist Zeit, aus deinem Zimmer ins Wohnzimmer zu kommen, den iPod beiseitezulegen und mit Menschen zu reden, zu essen, zu lachen und gemeinsam Zeit mit Gott zu verbringen. Den Fernseher auszuschalten und die Türen eures Hauses weit zu öffnen, damit sich andere Menschen bei euch wohlfühlen.

Denk mal darüber nach, wie genial das Gott in der ersten Gemeinde gemacht hat. Die erste Generation von Christen kam aus den unterschiedlichsten Kulturen und war unterschiedlichster Herkunft. Mindestens 15 verschiedene Nationalitäten hörten Petrus' Predigt an Pfingsten. Juden standen neben Heiden. Männer und Frauen beteten gemeinsam. Sowohl Sklaven als auch Herren suchten nach Christus. Können Menschen von so unterschiedlicher Herkunft und aus so verschiedenen Kulturen miteinander auskommen?

Das fragen wir uns heute auch. Können Schwarze mit Weißen in Frieden leben? Können Fußballspieler und Technikfreaks eine gemeinsame Basis finden? Kann eine christliche Familie mit einer muslimischen Familie in der Nachbarschaft befreundet sein? Können so unterschiedliche Menschen miteinander auskommen?

Bei der Urgemeinde war das möglich
durch die klarste aller Botschaften
(das Kreuz)
und das einfachste Hilfsmittel
(das Zuhause).

Nicht jeder kann Gott in einem fremden Land dienen, eine Organisation gegen den Hunger starten oder freiwillig in der Suppenküche oder bei der Tafel im Stadtzentrum arbeiten.

Aber jeder kann anderen ein gewisses Maß an Gastfreundschaft anbieten.

Hast du eine Haustür, einen freien Platz in deinem Esszimmer, ein Wohn- oder Familienzimmer? Einen Tisch? Stühle? Brot und Wurst oder Käse und Marmelade als Brotaufstrich?

Großartig!

Du wurdest gerade dafür qualifiziert, dich in einem der ältesten Dienste einzubringen: Gastfreundschaft.

Du kannst den Rang von Menschen einnehmen wie:

Abraham. Er verköstigte nicht nur Engel, sondern den Herrn über die Engel (vgl. 1. Mose 18).

Rahab. Sie empfing und beschützte die Spione. Dank ihrer Freundlichkeit überlebte ihre Familie und ihr Name wird nie vergessen (vgl. Josua 6,22–23; Matthäus 1,5).

Maria und Martha. Sie öffneten ihr Haus für Jesus. Er weckte später ihren Bruder Lazarus von den Toten auf (vgl. Johannes 11,1–45; Lukas 10,38–42).

Zachäus. Er hieß Jesus an seinem Tisch willkommen. Und Jesus ließ die Vergebung seiner Schuld als Gastgeschenk da (vgl. Lukas 19,1–10).

Und wie sieht es mit dem größten Beispiel überhaupt für Gastfreundschaft aus – dem Typ, der nur als »ein Mann« in der Bibel bekannt ist? Am Tag vor seinem Tod sagte Jesus zu seinen Jüngern:

> Wenn ihr in die Stadt geht, werdet ihr dort einen Mann sehen. Sagt ihm: »Der Meister lässt dir sagen: Meine Zeit ist gekommen. Ich möchte das Passahmahl mit meinen Jüngern in deinem Haus feiern« (Matthäus 26,18).

Der Mann öffnete sein Haus, und der Erlöser kam und aß dort mit seinen Jüngern. Wie cool ist das denn!

Wie hätte es dir gefallen, derjenige zu sein, der sein Haus für Jesus öffnete? Weißt du was? Du kannst das immer noch. Erinnere dich an den Vers:

> Was ihr für einen der Geringsten meiner Brüder und Schwestern getan habt, das habt ihr für mich getan (Matthäus 25,40).

Wenn du Menschen an deinem Tisch willkommen heißt, die du nicht gut kennst, Menschen, die anders sind als du, Menschen, die etwas brauchen, was du geben kannst, dann heißt du Gott selbst willkommen. Es passiert etwas am Esstisch, das nie in einem Kirchenraum passieren würde. Von den Zuhörern in der Kirche siehst du die Hinterköpfe. Am Tisch siehst du die Gesichtsausdrücke. Im Kirchenraum spricht eine Person; am Tisch kann jeder sprechen. Gottesdienste beginnen und enden zu einer bestimmten Zeit. Am Tisch dagegen hat man Zeit zum Reden.

Wenn du für jemanden deine Haustür öffnest, dann strahlst du Folgendes aus: »Du bist mir und Gott wichtig.« Du denkst vielleicht, dass du nur sagst: »Komm zu mir zu Besuch.« Aber dein Gast hört: »Ich bin die Mühe wert.«

MAX

Ich gehe davon aus, dass ich dieses Leben nur einmal leben werde. Wenn ich folglich irgendetwas Nettes tun kann, irgendetwas Gutes, das ich einem Mitmenschen zukommen lassen kann, dann will ich es jetzt tun und es nicht verschieben oder vernachlässigen, da ich diesen Weg nicht noch einmal gehe.
William Penn, Gründer des US-Bundesstaates Pennsylvania

Wie kannst du diesen Menschen Gastfreundschaft gewähren? Vielleicht sind deine Eltern nicht so erpicht darauf, dass du viel Besuch nach Hause bringst. Aber würden sie dir erlauben, dass du einmal pro Woche oder ein paar Mal im Monat Freunde einlädst, um zusammen mit ihnen zu essen und mehr über Gott zu erfahren? Könntest du Waffeln oder einen Kuchen backen und Leute einladen, mit dir Tischgemeinschaft zu haben und deine Leckereien zu essen? Bist du derjenige, der sich freiwillig meldet, um dem neuen Schüler die Schule zu zeigen? Oder vielleicht kannst du deine Gastfreundschaft nach draußen verlegen und jemandem eine Mahlzeit oder ein paar Muffins bringen, der schon älter oder krank ist und nur schwer aus dem Haus kommt.

Was fällt dir alles ein, wie du Menschen in dein Leben einladen und ihnen Gastfreundschaft gewähren kannst?

1. ____________________

2. ____________________

3. ____________________

4. ______________________________

5. ______________________________

Kannst du dir vorstellen, dass einige Menschen einen ganzen Tag ohne irgendeinen bedeutenden Kontakt mit jemand anderem verbringen? Wie einsam muss das sein!

Einige Bewohner in Altenheimen oder Pflegeheimen oder in betreuten Wohnanlagen bekommen nie Besuch. Du kannst gastfreundlich sein, indem du dir die Erlaubnis holst, ein Heim zu besuchen. Frag, ob du einige selbst gebackene Kekse oder Essen mitbringen darfst. Spielt zusammen Schach, lass die ältere Person aus ihrem Leben erzählen oder singt zusammen Lieder.

MAX

Deine Gastfreundschaft kann für einen einsamen Menschen eine wahre Zuflucht sein. So kannst du anfangen:

Sprich eine Einladung aus. Bespreche zunächst mit deinen Eltern, wann eine gute Zeit für Besuch ist. Dann teile deinen Gästen mit, dass du sie einladen möchtest. Rufe sie an oder geh bei ihnen vorbei. Lass die Einladung persönlich sein. Sende keine E-Mail oder SMS.

Sprich deine Einladung auch nicht im Chat aus. Sag etwas Einfaches wie: »Ich würde gern heut Abend mit dir zusammen sein. Komm doch rüber und esse mit uns.« Die Person, die du einlädst, hat vielleicht gerade einen schrecklichen Tag gehabt – sie fühlt sich in der Schule abgelehnt, wurde gehänselt oder von ihrem Schwarm kalt abserviert. Deine Einladung sagt: »Ich möchte Zeit mit dir verbringen!«

So eine Kleinigkeit kann ein Leben verändern.

Lass die Ankunft des Besuchs etwas ganz Besonderes sein. Warte schon an der Haustür. Male ein Willkommensschild oder binde einige Ballons an den Briefkasten oder die Tür. Lass es wie eine Party zu Ehren des Besuchs aussehen. Wenn ihr eine lange Einfahrt habt, dann geh nach draußen und triff euren Gast am Ende der Einfahrt. Oder falls eure Wohnung unten im Haus einen Eingangsbereich hat, warte dort. Das ist ein großes Ereignis. Eines von Gottes Kindern kommt zu Besuch in dein Haus!

Achte darauf, dass deine Gäste alles haben, was sie brauchen. Wenn du ein Mitglied der Urgemeinde wärst, dann würdest du schmutzige Füße waschen, wenn jemand zu Besuch kommt. Das ist dir heute erlassen, aber du solltest Essen und Trinken bereitstellen. Und du solltest nicht gehetzt wirken oder gelangweilt schauen. Nimm dir Zeit, um zu reden und zuzuhören. Stelle das Radio oder den Fernseher aus, denn beides lenkt nur ab. Schreib während des Essens keine SMS und antworte nicht auf das Klingeln des Handys, wenn jemand anderes am Tisch spricht. Stelle das Handy einfach aus. Bleibe einen Abend mal unerreichbar.

Erzählt euch reihum die besten und schlimmsten Ereignisse des Tages und der Woche. Wenn wir Tischgemeinschaft haben und unser Leben miteinander teilen, dann regenerieren wir unsere Seelen.

MAX

Arbeitest du vielleicht gern mit Kindern? Die »Kinder-Evangelisations-Bewegung (KEB)« will, dass jedes Kind das Evangelium hört. Sie bieten unterschiedliche Schulungsprogramme an. So kannst du ab einem Alter von 16 Jahren in einem Intensiv-Kurs an drei oder vier Wochenenden lernen, wie man ein Kind zum Glauben führt, einen Kindergottesdienst oder eine Jungschar gestaltet (ZAK1-Kurs). Zum Einstieg eignet sich auch ein Helfertraining. Es nimmt nur ein Wochenende in Anspruch und gibt dir einen ersten grundlegenden Einblick in die Arbeit mit Kindern. Du kannst auch bei Freizeiten oder in der Strandmission mithelfen. Weitere Infos erhältst du unter www.keb-de.org oder informiere dich unter folgender Telefonnummer: 06465-92830.

Wenn du keine Freunde nach Hause einladen kannst, dann denk daran, dass Gastfreundschaft auch außerhalb deines Hauses stattfinden kann. Lade jemanden, den du ermutigen willst, zu einem Picknick ein oder teile mit dieser Person in der Schule ein paar Snacks.

Lass die Menschen wissen, dass es dich wirklich kümmert, was in ihrem Leben passiert.

Hier sind ein paar Tipps, wie man zu Beginn eines Treffens »das Eis bricht« und den Besuch zum Reden bringt:

- Stelle Fragen wie: »Wenn wir eine berühmte historische Person zu uns einladen könnten, wen würdest du hier haben wollen? Welche Fragen würdest du dieser Person stellen?«
- Lass die Leute in der Runde von ihren Lieblingsbüchern, -filmen, -essen oder -beschäftigungen erzählen.

- Durchforste die Tageszeitungen nach besonderen oder lustigen Artikeln. Nutze diese Themen, um eine Geschichte anzufangen und Fragen zu stellen, die nicht einfach mit Ja oder Nein beantwortet werden können.

Entlass deinen Besuch mit einem Segen. Lass deine Gäste auf jeden Fall wissen, dass du froh über ihren Besuch warst. Falls du es dir leisten kannst, dann gib ihnen ein kleines Geschenk mit nach Hause. Oder schreib schon vorher eine Dankeskarte, mit der du dem Besuch für sein Kommen dankst und auf die du ein paar ermutigende Zeilen schreibst.

Verschiedene Wohlfahrtsverbände oder Hilfsorganisationen bieten Essen auf Rädern an. Darunter versteht man die regelmäßige Lieferung fertig zubereiteter Mahlzeiten bis an die Wohnungstür. Das Angebot richtet sich besonders an ältere oder hilfsbedürftige Menschen, die ihre Mahlzeiten nicht mehr selbstständig zubereiten können. Solche Dienste bieten zum Beispiel die »Arbeiterwohlfahrt«, die »Caritas«, der »Malteser Hilfsdienst« oder das »Deutsche Rote Kreuz« an. Vielleicht gibt es ja einen dieser Hilfsdienste bei dir vor Ort, bei dem du dich erkundigen kannst, ob freiwillige Helfer gesucht werden. Oder du fragst im örtlichen Seniorenheim, ob du beim Verteilen oder Einnehmen der Mahlzeiten helfen kannst.

Und dann noch etwas in Bezug auf Gastfreundschaft: Warte nicht auf die perfekte Zeit, den perfekten Ort und das perfekte Gastgeschenk. Es muss nichts Ausgefallenes sein, um das Herz anderer Menschen zu berühren. Dein Haus muss nicht groß sein. Dein Geschirr muss nicht unbedingt zusammenpassen. Du musst kein Feinschmeckermenü servieren. Chips mit Dip, eine Dose voller Smarties oder eine Pizza für vier oder fünf Euro sind genug.

Denk auch daran, dass auf dem WC eine Rolle Toilettenpapier hängt, dass es bequeme Sitzgelegenheiten gibt und freundliche Gesichter, damit jeder sich entspannen kann. Denn wenn wir warten, bis alles perfekt ist, dann werden wir nie jemanden einladen.

Nichts zeigt Gastfreundschaft so gut wie selbst gebackene Schoko-Kekse. Hier ist ein Rezept. Liebe geht durch den Magen. Lecker!

Zutaten:
280 Gramm Mehl
1 Teelöffel Backpulver
1 Teelöffel Salz
250 Gramm weiche Butter
170 Gramm weißer Zucker
170 Gramm brauner Zucker
1 Päckchen Vanillezucker
2 große Eier
350 Gramm Schokolade in Stückchen gehackt

Zubereitung:
Den Ofen auf 190 Grad vorheizen. Mehl, Backpulver und Salz in einer kleinen Schüssel vermischen. Butter, Zucker und Vanillezucker in einer anderen großen Rührschüssel cremig schlagen. Eier einzeln zugeben und gut unterrühren.
Die Mehlmischung nach und nach untermengen. Dann Schokostückchen zufügen. Jeweils einen gehäuften Esslöffel Teig auf ein Backblech mit Backpapier geben. Die Kekse 9 bis 11 Minuten backen, bis sie goldbraun sind.

MAX

Denk daran: Was für dich vielleicht gewöhnlich ist, ist für jemand anderes ein Festessen. Du denkst, euer Haus sei klein; aber für eine einsame Seele ist es ein Schloss.

Du denkst, das Wohnzimmer sei chaotisch, weil überall die Spielsachen deiner kleinen Schwester rumliegen; aber für jemanden, dessen Leben chaotisch ist, ist euer Haus ein sicherer Ort.

Du denkst, das Essen sei einfach; aber für jemanden, der jeden Abend allein isst, schmecken Spaghetti Bolognese so gut wie ein Drei-Gänge-Menü.

Was für dich klein ist, ist für andere groß.

MAX

Wenn du dich auf die Reise der Gastfreundschaft begibst, schau über deinen Freundeskreis hinaus. Achte darauf, dass du diejenigen einlädtst, die dich am meisten brauchen.

Jesus sagt:

> Lade vielmehr die Armen, die Krüppel, die Gelähmten und die Blinden ein. Bei der Auferstehung der Gottesfürchtigen wird Gott dich belohnen, weil du Menschen eingeladen hast, die es dir nicht vergelten konnten (Lukas 14,13–14).

Vielleicht kennst du niemand mit einer körperlichen Behinderung, wie Jesus es beschreibt, aber du kennst sicher Außenseiterkinder, die nirgends so richtig reinpassen. Du hast vielleicht Freunde, die weniger haben als du. Es gibt vielleicht Jugendliche in deiner Jugendgruppe, die keinen Christen in ihrer Familie haben. Wichtig ist: Hab keine Angst, mit jemand Neuem Kontakt aufzunehmen.

Hab keine Angst, etwas Neues zu wagen. Denk daran: Die Arche Noah wurde von einem Amateur gebaut; die Titanic von Experten.
Anonym

MAX

Das griechische Wort für »Gastfreundschaft« setzt sich aus zwei Wörtern zusammen, die »Liebe« und »Fremder« bedeuten. »Gastfreundschaft« heißt wörtlich: »einen Fremden lieben«. Jeder kann einen Gast willkommen heißen, den er kennt und liebt. Aber können wir jemanden einladen, den wir nicht gut kennen? In Amerika wachen jeden Morgen mehr als 39 Millionen Menschen auf, die in Armut leben.[34] Im Jahr 2008 hatten 17 Millionen Schwierigkeiten, ihre Familie mit ausreichend Essen zu versorgen.[35] Eine geschätzte Anzahl von 1,1 Millionen Kindern lebte in Haushalten, in denen sie mehrmals im Jahr Hunger litten.[36] Und das in Amerika, der wohlhabendsten Nation in der Weltgeschichte. In Deutschland leben laut einer Erhebung des Wirtschaftsinstituts DIW mehr als elf Millionen Menschen unter der Armutsschwelle. 14,5 Prozent der Menschen in Deutschland waren nach Angaben des Statistischen Bundesamtes im Jahr 2010 von Armut bedroht.

Wenn die Regierung den Armen mit Lebensmittelmarken (USA) oder Sozialhilfe (Deutschland) hilft, dann verhungern sie zwar körperlich nicht, aber das kann keine Herzen und Seelen nähren. Wenn wir Menschen an unseren Tisch einladen, bewirken wir, dass sie sich wertgeschätzt fühlen. Wir helfen ihnen dabei, sich als Person wohlzufühlen. Wer hätte das gedacht: Eine von Gottes Geheimwaffen im Krieg gegen die Armut ist, jemanden zum Essen mit dir und deiner Familie einzuladen.

Vor einigen Monaten stand ich (Max) an einer roten Ampel an einer belebten Kreuzung, als ich bemerkte, dass ein Mann zu meinem Auto kam. Er ging auf die Straße, lief an mehreren Fahrzeugen vorbei und begann mir zuzuwinken. Er trug ein Pappschild unter dem Arm und ein vollgepacktes Bündel auf dem Rücken. Seine Jeans waren ausgebeult, sein Bart zottelig. Er rief meinen Namen: »Max! Max! Erinnerst du dich an mich?«

Ich kurbelte mein Fenster runter. Er lächelte ein zahnloses Lächeln. »Ich erinnere mich noch an den Burger, den du mir gekauft hast.«

Dann fiel es mir ein: Vor Monaten, vielleicht auch vor einem Jahr hatte ich ihn genau an dieser Kreuzung in ein Schnellrestaurant mitgenommen, wo wir zusammen etwas gegessen hatten. Er war an dem Tag nach Kalifornien unterwegs gewesen. »Ich komme irgendwann wieder durch Texas«, hatte er mir erzählt. Dann schaltete die Ampel um, Autos begannen zu hupen. Ich musste weiterfahren und ließ ihn winkend und rufend zurück. »Danke für den Burger, Max.«

Man weiß nie, was eine Mahlzeit bewirkt.

Nachdem Jesus von den Toten auferstanden war, leistete er zweien seiner Jünger Gesellschaft, die von Jerusalem in ihr Dorf wanderten. Der Weg war elf Kilometer lang, was einen großen Teil des Tages in Anspruch nahm – auch für erwachsene, gesunde Männer. Sie redeten die ganze Zeit. Jesus sprach über die Bibel, angefangen bei den Lehren Moses bis zu den Ereignissen der Gegenwart. Aber stell dir vor: Die ganze Zeit über erkannten ihn seine Jünger nicht.

Als sie fast bei ihrem Dorf waren, schien es, als ob Jesus weitergehen wollte. Die Jünger jedoch planten es anders:

> Sie baten ihn inständig, über Nacht bei ihnen zu bleiben, da es schon dunkel wurde (Lukas 24,29).

Es war ein langer Tag für die Jünger gewesen. Aber ihr Mitwanderer berührte ihre Herzen und brachte sie zum Nachdenken. So hießen sie ihn willkommen. Sie zogen einen Extrastuhl heran, verlängerten die Suppe mit etwas Wasser und tischten Brot auf. Jesus segnete das Brot, und als er das tat,

gingen ihnen die Augen auf und sie erkannten ihn (Vers 31).

Wir treffen ständig Menschen auf unserer Lebensreise. Und manchmal fühlen wir uns ihnen gegenüber verbunden und empfinden eine Zuneigung zu ihnen. Wir wollen mit diesen Menschen Zeit verbringen und sie einladen, Teil unseres Lebens zu sein. Sprich diese Einladung immer wieder aus, sooft du kannst. Du weißt nie, wen du da zum Essen einlädst.

MAX

Teilt euer Zuhause gastfreundlich mit anderen, die Essen oder einen Platz zum Schlafen brauchen. Gott hat jedem von euch Gaben geschenkt, mit denen ihr einander dienen sollt. Setzt sie gut ein, damit sichtbar wird, wie vielfältig Gottes Gnade ist.

1. Petrus 4,9–10

Gott, danke, dass du mir so viel gibst. Danke auch für die Dinge, die ich als so selbstverständlich hinnehme – ein Bett, ein Dach über dem Kopf, sogar Luft zum Atmen! Gott, ich bitte dich, dass du mir hilfst, meinen Überfluss mit anderen zu teilen. Ich schotte mich wirklich gern ab. Öffne mein Herz, dass ich einladender und gastfreundlicher werde. Gib mir den Mut, mit anderen zu reden, in einer Welt, die sich hinter Tastaturen versteckt. Gib mir den Mut, Fremde zu mir einzuladen, in einer Welt, in der wir es uns in unseren eigenen kleinen Grüppchen bequem gemacht haben. Hilf mir, Barrieren abzubauen und die Herzen der Menschen mit deiner Liebe zu berühren.

In Jesu Namen, amen.

KAPITEL 11

Reiß die Mauern ein

Nehmt einander an, wie Christus euch angenommen hat, denn dadurch wird Gott geehrt.

Römer 15,7

Wir wollen dich mit zu einem American-Football-Spiel nehmen.

Ja, jetzt. Mach dich bereit, um eines der Teams anzufeuern.

Aber warte mal.

Heute Abend feuerst du *beide* Teams an … falls du auch zu der *Faith Christian Highschool* gehörst.

MAX

Es war so: Bei einem bestimmten American-Football-Spiel dieser Highschool gab es einen merkwürdigen Anblick. Die Fans des stolzen *Grapevine*-Teams aus Texas feuerten die Gegnermannschaft an, ihre Cheerleader die andere. Eltern brüllten für die Konkurrenz – und riefen die Namen dieser Spieler!

Was in aller Welt ging da vor sich? Lief an diesem Tag einfach alles verkehrt herum?

Nein. Es gab nur einen großherzigen Football-Trainerstab und 70 begeisterte Highschool-Football-Spieler, die sich wie geistliches Dynamit aufführten und die Wände zwischen einigen sehr verhärteten Herzen niederrissen. Sie wollten etwas verändern und Gastfreundschaft praktizieren. Und sie erfuhren dabei noch, wie gut es sich anfühlt, mit Gott zusammenzuarbeiten.

Das war geschehen: Der Trainer Kris Hogan hatte sich einfach vorgenommen, dass die Schule das Gegnerteam herzlich empfangen sollte, wenn sein Team gegen *Gainesville State* spielen würde. Schließlich hatte diese Schule eindeutig einen Vorteil: eine großartige Ausstattung, engagierte Spieler und Eltern, die sich kümmerten. Die Fans und Familienmitglieder der Schule machten Banner, gingen zu den Auftaktveranstaltungen und würden eher ihre eigene Beerdigung als ein Spiel verpassen. Die Spieler von Gainesville dagegen trugen sieben Jahre alte Schulterpolster, Helme aus dem letzten Jahrzehnt und tauchten bei jedem Spiel mit Handschellen auf. Statt ihrer Eltern schauten ihnen zwölf uniformierte Polizisten zu.

Das liegt daran, dass *Gainesville* eine Hochsicherheits-Justizvollzugsanstalt ist. Dort gibt es kein Stadion, keine Cheerleader-Gruppe oder auch nur die geringste Hoffnung zu gewinnen. *Gainesville* ging mit 0:8 Punkten in das *Grapevine*-Spiel. Sie hatten im ganzen Jahr zwei Touchdowns erzielt. Das *Grapevine*-Team hatte 7:2 Punkte.

Die ganze Situation schien nicht fair. Deshalb entwickelte der Trainer Hogan einen Plan. Er bat die Fans, sich auf der anderen Seite des Spielfeldes einzufinden und die gegnerische Mannschaft anzufeuern. Mehr als 200 Freiwillige meldeten sich dafür.

Sie bildeten eine 36 Meter lange Fanmeile. Sie malten Banner, die das *Gainesville*-Team durchlaufen sollte. Sie saßen auf der *Gainesville*-Seite des Stadions. Sie lernten sogar die Spielerliste auswendig, sodass sie die Sportler mit Namen anfeuern konnten.

Die Gefangenen waren es gewohnt, dass man sie anschrie, aber nicht auf diese Art. Gerald, ein Lineman[37], der drei Jahre absitzen muss, sagt: »Die Menschen bekommen etwas Angst, wenn wir zum Spiel kommen. Man kann das in ihren Augen sehen. Sie sehen uns an, als ob wir Kriminelle wären. Aber diese Leute, die feuerten uns an. Sie kannten sogar unsere Namen!«

Nach dem Spiel versammelten sich die Teams in der Mitte des Spielfelds, um ein Gebet zu sprechen. Einer der *Gainesville*-Spieler, Michael, bat, dass er anfangen dürfe. Der Trainer Hogan war einverstanden, auch wenn er nicht wusste, was ihn erwartete. »Herr«, sprach der Junge, »ich weiß nicht, wie das passiert ist, und ich weiß nicht, wie ich dafür danken soll, aber ich hätte nie gedacht, dass es so viele Menschen in der Welt gibt, denen wir etwas bedeuten.«

Die *Grapevine*-Fans waren noch nicht fertig. Nach dem Spiel warteten sie am *Gainesville*-Bus, um jedem Spieler ein Abschiedsgeschenk zu geben: Burger, Pommes, Süßigkeiten, Limonade, eine Bibel, einen ermutigenden Brief und eine Runde Applaus. Als der Gefängnisbus den Parkplatz verließ, drückten die Spieler ihre sprachlosen Gesichter gegen die Scheiben und fragten sich, was sie da gerade erlebt hatten.[38]

Folgendes hatten sie erlebt: eine Kampfeinheit, die sich darauf spezialisiert hatte, Vorurteile abzubauen.

Ihre Aufgabe? Alle vorgefassten Meinungen beseitigen.

Ihre Waffen? Handlungen, die zeigen: »Du bist immer noch wichtig« und »jemand kümmert sich um dich«.

Ihre Mission? Sprengt die Mauern, die Gottes Kinder voneinander trennen.

Und sie hatten Erfolg. Sie waren Dynamit für die Mauern und vom Feind nicht zu besiegen. Sie waren Teil von Gottes großem Abenteuer. Du glaubst nicht, wie großartig sich das anfühlte.

Was für Mauern gibt es in deiner Welt? Du stehst auf der einen Seite. Und auf der anderen? Der Klassenkamerad, den du einfach nicht ausstehen kannst. Der Typ mit den Zigaretten und Tattoos. Der reiche Schüler, der immer mit seinem neuesten Videospiel oder Spielzeug angibt. Die Person, die genau die gegenteiligen Ansichten vertritt, als du es tust. Der Obdachlose, der jede Woche an der Ampel in der Nähe deiner Gemeinde steht.

Die Urgemeinde kannte Mauern. Sie baute richtige Mauern, um

den Feind von Angriffen abzuhalten. Aber denkst du nicht, dass Mauern auch die Ungewollten ausschließen? Wie die Samariter, die außerhalb von Jerusalem lebten.

Wo wir gerade über Mauern sprechen: »Die Juden«, schrieb Johannes, »wollen nichts mit den Samaritern zu tun haben« (Johannes 4,9). Die beiden Kulturen hassten sich seit 1 000 Jahren. Samariter standen auf der schwarzen Liste. Ihre Schlafstätten und Geräte – sogar ihre Spucke – galten als unrein.[39] Kein orthodoxer Jude würde je in ihre Region reisen. Die meisten Juden würden eher einen doppelt so langen Weg auf sich nehmen, als durch Samaria zu reisen.

Jesus hielt sich jedoch an ganz andere Spielregeln. Er verbrachte einen guten Teil des Tages mit einer samaritischen Frau – in ihrem Gebiet –, trank Wasser von ihrer Schöpfkelle und sprach mit ihr über ihre Fragen (vgl. Johannes 4,1-26). Jesus liebt es, Mauern zu sprengen.

Christus ist für alle Menschen am Kreuz gestorben, damit wir alle Frieden mit Gott haben. In seinem neuen Leib, der Gemeinde Christi, können wir nun als Versöhnte miteinander leben (Epheser 2,16; Hfa).

MAX

JENNA

Musst du Jesus vielleicht um Vergebung bitten, weil du irgendjemanden oder eine besondere Gruppe von Leuten ausgegrenzt hast? Falls das der Fall ist, könntest du dein Gebet so formulieren:

Vater, es tut mir leid, dass ich gegen andere einen Groll hege und sie verurteile. Weil sie dir wichtig sind, möchte ich, dass du mir hilfst, dass sie mir wichtig werden. Hilf mir, über mein Vorurteil hinaus in ihre Herzen zu sehen. Und würdest du auch ihnen dabei helfen, mir zu vergeben? Ich vertraue auf dich, Herr. Danke, dass du mich liebst, obwohl ich immer wieder so viel falsch mache. Hilf mir auch, andere Menschen zu lieben, die etwas falsch gemacht haben – weil du für uns alle am Kreuz gestorben bist.

JENNA

Alex und Brett Harris fordern Teenager dazu heraus, die kulturellen Barrieren, nur niedrige Erwartungen zu haben, hinter sich zu lassen. Als sie 16 waren, gründeten die Zwillingsbrüder einen Blog namens »The Rebelution«, um Teenager zu ermutigen, ihre Talente und ihre Zeit für Jesus heute zu nutzen – um das Dynamit zu sein, das Mauern sprengt.

Die Geschichte von Alex und Brett

Alex und Brett Harris' älterer Bruder, Joshua, wurde mit 21 Jahren Autor, als er das Buch *Ungeküsst und doch kein Frosch. Warum sich Warten lohnt. Radikale Einstellungen zum Thema Nr. 1*[40] schrieb. Während sie zu Hause aufwuchsen, erfuhren die Zwillinge viel über Jesus, und weil sie sahen, was ihr Vater und Bruder alles erreichten, wussten sie, dass Gott jeden gebrauchen konnte.

»Mein Vater hat keinen Schulabschluss; er rannte mit 15 von zu Hause weg«, erzählte uns Alex.[41] »Trotzdem konnten wir sehen, wie Gott ihn auf vielfache Weise gebrauchte. Dann schrieb unser älterer Bruder Josh ei-

Alex Harris spricht auf einer Konferenz während der »Rebelution«-Tour nen Bestseller. Ich weiß, dass es einen ziemlich einschüchtern kann, im Schatten eines Menschen aufzuwachsen, der so bekannt ist. Aber Brett und mir hat es einfach klargemacht, dass Gott normale Typen wie unseren großen Bruder gebrauchen kann. Man denkt vielleicht, Gott benutzt Superstars, die nie gesündigt haben, oder nur außergewöhnliche Menschen, aber das stimmt nicht. Gott kann deinen großen Bruder und dich gebrauchen. Normale, gewöhnliche Leute wie dich.«

Als die Zwillinge 16 waren, gab ihnen ihr Vater eine Liste von Büchern, die sie den Sommer über lesen sollten. Darunter waren christliche Klassiker und Wirtschaftsbücher, schwer verständliche Bücher, sodass sie sich beim Lesen ziemlich anstrengen mussten. Ihnen wurde klar, dass viele Teenager zu viel von ihrer Zeit verschwendeten, nach einer Aufgabe suchten, Zeit vor dem Internet oder im Kino totschlugen und nicht wirklich anderen etwas weitergaben. Aber sie kannten viele Jugendliche, die etwas bewegen wollten. Deshalb starteten sie den Blog *The Rebelution*.

Die offizielle Definition von *Rebelution* ist »eine Teenager-Rebellion gegen geringe Erwartungen«. Es ist eine Kombination der Wörter *Rebellion* und *Revolution*.

»Aber in diesem Fall ist es keine Rebellion gegen eine von Gott etablierte Autorität, sondern gegen die geringen Erwartungen unserer Gesellschaft. Es ist die Weigerung, von unserer gottlosen, rebellierenden, abgestumpften Gesellschaft bestimmt zu werden. Eigentlich verstehen wir uns gern so, dass wir gegen die Rebellion rebellieren«, heißt es auf der Website www.TheRebelution.com. Der Blog wurde bald ziemlich beliebt bei amerikanischen Teenagern und zog sogar das Medieninteresse auf sich. Die Brüder wurden von Journalisten großer Zeitungen und anderer Nachrichtensender interviewt. Dann erhielten sie ein Angebot, um zu beweisen, dass sie meinten, was sie sagten. Ein Richter aus Alabama vom Obersten Gerichtshof bat die Brüder, für ihn ein Halbjahr als Praktikanten zu arbeiten. Mit 16 waren sie die jüngsten Praktikanten in den Gerichtssälen. Sie arbeiteten viel, lernten viel und zeigten, dass junge Menschen wirklich so hart wie Erwachsene – oder sogar noch härter – arbeiten können. Das alles hinterließ einen solchen Eindruck, dass sie gleich weitermachten und die Wiederwahlkampagne des Richters organisierten. Sie warben Teenager aus dem ganzen Land an, um bei telefonischen Umfragen zu helfen, verteilten Flyer und vereinbarten sogar Termine für Interviews mit der Presse.

Mit 18 schrieben die Zwillinge ihre Erfahrungen in einem Buch für Teenager auf, das den Titel »Yes you can. Mach mit bei der Rebelution und verändere deine Welt trägt«. Ein anderes Buch mit dem Titel »Wie du deine Welt verändern und Hoffnung bringen kannst« folgte.[42] Sie sprechen auf ihren Konferenzen zu Teenagern im ganzen Land und fordern sie dazu heraus, ihre Komfortzone zu verlassen und leidenschaftlich etwas für Gott zu tun.

Brett Harris spricht auf einer Konferenz während der »Rebelution«-Tour

»Ich glaube nicht, dass ein junger Mensch eine Vision von Gott braucht oder schon seine ganz konkrete Berufung kennen muss, oft reicht es, einfach treu mit dem umzugehen, was Gott einem gegeben hat, und keine Angst zu haben, wenn er die Tür für eine größere Gelegenheit öffnet«, sagt Alex. »Die Rebelution begann aus einer ganz kleinen Überzeugung heraus, dass unsere Generation darüber belogen wird, um was es in unseren Teenager-Jahren geht. »Yes you can« will mit dem Klischee aufräumen, dass Teenager gleichgültig und faul sind.

Wir können wirklich treu an etwas dranbleiben, hart arbeiten und Kompetenz zeigen, auch als junge Menschen. Wir beginnen mit Gewissenhaftigkeit in kleinen Dingen und glauben dann, dass Gott uns auf erstaunliche Art gebrauchen kann, um etwas zu tun, das über uns hinausweist.«

Alex sagt, dass er und Brett ganz klar erlebt haben, welche Macht eine große Anzahl von Leuten hat. Sobald Teenager sich zusammensetzten und redeten, begannen ganze Bewegungen.

»Wir fühlten uns, als wenn wir gerade und auch die letzten Jahre auf einer Rakete geritten wären«, sagt er. »Es war unglaublich zu sehen, wie junge Menschen überall das Potenzial dazu haben, etwas positiv zu verändern, nachdem sie sich für Jesus entschieden haben und an seine Treue glauben. Dann sind sie in der Lage, das Unmögliche zu tun.

Wir haben Menschen wie Joshua Guthrie getroffen, der eine Kampagne startete und inzwischen 30 000 Euro gesammelt hat, um Brunnen im Sudan zu graben. Aber die jungen Menschen sind genauso engagiert in kleinen Dingen: Neulich kratzten sie Eis vom Windschutzfenster einer alten Dame, als sie sahen, wie diese sich auf dem Parkplatz abmühte. Oder die jungen Männer, die wir kennen, die sich auf einmal auf größere Weise dazu berufen fühlten, ihr bequemes Sofa zu verlassen und ihre Jugendgruppe zu leiten, weil der Leiter krankgeschrieben war. Als sie ihre Altersgenossen dazu aufriefen, für Gott zu leben, wurde ihnen das erste Mal klar, wie Gott sie gebrauchen konnte. Jetzt wissen sie, dass sie ein Herz für Jugendliche oder Kinderarbeit haben. Diese eine Entscheidung zu helfen lenkte ihr Leben in eine völlig neue Richtung. Sie haben jetzt eine klare Idee davon, wie Gott sie gebrauchen will.«

Alex und Brett – und Abertausende von »Rebelutionären« – verändern die Welt mit einer guten Tat nach der anderen, einem Treueakt nach dem anderen. Sie opfern hier ihr Geld, da ihre Zeit. Sie sind wahrer Sprengstoff. Denn wie die Jugendlichen von *Faith Christian* und *Gainesville State* erfuhren: Wenn du auf die andere Seite des Spielfeldes gehst, um die gegnerische Mannschaft anzufeuern, dann gewinnt jeder.

Während der Zeit der ersten Christen war ein Mann namens Hananias ein solcher Sprengstoff, und er hat seitdem eine Auswirkung auf das Leben jedes Christen gehabt. Und das nur, weil Hananias sich von

Gott gebrauchen ließ. Gott teilte ihm in einer Vision mit, dass er zu einem Mann namens Saulus gehen sollte, weil dieser ein Nachfolger Christi geworden war. Er war blind geworden, und Hananias sollte ihm helfen.

MAX

Hananias fragt sich, ob er die Anweisungen falsch verstanden hat. Soll er umdrehen und seiner Frau sagen, wo er hingeht – falls er nicht mehr zurückkommt? Denn jeder kennt Saulus. Er tötet Christen. Hananias will nicht sterben, aber er weiß, dass er gehorchen muss.

> Geh in die Straße, die »Gerade« genannt wird, zum Haus von Judas. Dort frage nach Saulus von Tarsus. Er betet zu mir, und er hat in einer Vision gesehen, dass ein Mann mit Namen Hananias kommt und ihm die Hände auflegt, sodass er wieder sehen kann (Apostelgeschichte 9,11–12).

Hananias huscht durch den Hof mit den Hühnern, den großen Kamelen und kleinen Eseln. Er geht am Laden des Schneiders vorüber und reagiert nicht auf den Gruß des Gerbers. Er geht immer weiter, bis er die Straße »Gerade« erreicht. Der Gasthof hat tiefe Torbögen und große Zimmer mit Matratzen.

Hananias kann jetzt nicht mehr umdrehen. Er steigt die Steintreppe hinauf. Die Wachen treten zur Seite, und Hananias geht durch den Eingang. Er ringt nach Luft bei dem Anblick, der sich ihm bietet. Ein ausgemergelter Mann sitzt im Schneidersitz auf dem Boden halb im Schatten, nur ein einziger Sonnenstrahl scheint ins Zimmer. Er hat hohle Wangen und trockene Lippen, wippt vor und zurück und betet stöhnend. Das ist nicht gerade der bedrohliche Mann, den er erwartet hat.

»Wie lange sitzt er da schon so?«

»Drei Tage.«

Hananias zögert. Wenn das nur eine Falle ist, dann ist er Geschichte. Wenn nicht, dann wird dieser Moment Geschichte schreiben.

Keiner kann Hananias seine Angst zum Vorwurf machen. Als die jüdischen Anführer einen Auftragsmörder suchten, um die Christen zu terrorisieren, hatte sich Saulus gemeldet. Er wurde zum Todesengel. Er ging auf die Christen mit großer Wut los und verfolgte noch immer mit grenzenlosem Hass alle, die an den Herrn glaubten (Apostelgeschichte 9,1; Hfa).

> Wie fanatisch ich die Gemeinde Gottes verfolgt habe. Ich tat alles, um sie zu vernichten (Galater 1,13).

Aber auf der Straße nach Damaskus hatte Paulus eine Begegnung mit Jesus. Er wurde dadurch blind und wusste plötzlich, wie falsch er gelegen hatte. Jesus war real. Seine Anhänger hatten recht.

Als Hananias zu dem blinden Saulus kommt, sieht dieser Jesus bereits in einem anderen Licht. Hananias setzt sich auf den Steinfußboden und sagt:

> Saul, Bruder, der Herr, der dir auf dem Weg erschienen ist, Jesus, der hat mich zu dir gesandt, damit du wieder sehen kannst und mit dem Heiligen Geist erfüllt wirst (Apostelgeschichte 9,17).

Eine Flut von Tränen schwillt hinter den Krusten in Saulus' Augen an. Die schuppige Schicht löst sich und fällt ab. Er blinzelt und sieht das Gesicht seines neuen Freundes. Er lässt sich taufen und beginnt in der Synagoge zu predigen – die erste von tausend Predigten.

Saulus wird Paulus, und Paulus predigt auf den Hügeln Athens, schreibt Briefe, die einen großen Teil der Bücher des Neuen Testaments ausmachen, und beeinflusst zukünftige christliche Schreiber, Prediger und Revolutionäre wie Thomas von Aquin, Martin Luther und Johannes Calvin.

Gott gebrauchte Paulus, um die Welt zu berühren.

Aber zunächst gebrauchte er Hananias, um Paulus zu berühren.

Hat Gott dir etwas Ähnliches aufgetragen? Hat Gott dir einen Saulus in den Weg gestellt? Jemanden, den jeder andere schon abgeschrieben hat, aber du weißt, dass diese Person großartige Dinge für Gott tun kann, wenn ihr Leben sich wendet?

Keiner hat ein Gebet für »deinen Saulus« übrig. Aber dir wird langsam klar, dass Gott vielleicht hinter den Kulissen am Werk ist. Vielleicht ist es noch zu früh, um das Handtuch zu werfen … Du beginnst, daran zu glauben. Wehre dich nicht gegen diese Gedanken.

Josef tat das auch nicht. Seine Brüder verkauften ihn in die Sklaverei nach Ägypten. Und dennoch hieß er sie in seinem Palast willkommen.

Ähnlich war es bei David. König Saul plante einen Feldzug gegen ihn, dennoch war David gegenüber Saul milde gestimmt und nannte ihn den »Gesalbten des Herrn« (1. Samuel 24,11).

Du kannst *den* Unterschied in der Welt ausmachen. Du kannst für Saulus den Unterschied ausmachen. Schließlich hat niemand *mehr* an die Menschen geglaubt als Jesus. Er sah etwas in Petrus, das es wert war, weiterentwickelt zu werden; er sah etwas im Dieb am Kreuz, das es wert war zu retten. Er glaubte an Saulus. Also gib deinen Saulus nicht auf.

Wenn andere ihn schon abschreiben, dann gib ihm noch eine weitere Chance. Bleibe stark. Nenne ihn Bruder. Nenne sie Schwester. Erzähle deinem Saulus von Jesus und bete für ihn. Und denk daran: Gott schickt dich nirgendwo hin, wo er nicht schon selbst gewesen ist. Wer weiß, was du entdecken wirst, wenn du deinen Saulus schließlich erreichst?

MAX

Bete 30 Tage lang für jemanden, den du sehr magst und der Jesus kennenlernen soll. Nach 30 Tagen sollte es zur Gewohnheit geworden sein. Bete weiter!

JENNA

Sie hat – wie soll man sagen – alles ausgereizt. Party gemacht, gekifft, härtere Drogen genommen, mit zig Jungs geschlafen … Ihr Lebensstil mag meinem nicht entsprechen. Ihr Glaube ist definitiv anders als meiner, aber ich mag sie. Und ich werde sie nicht aufgeben. Langsam aber sicher gebraucht mich Gott, um ihr die Treue, Liebe und Güte Jesu zu zeigen. Die Kirche, die sie kennt, würde mit rümpfender Nase und erhobenem Zeigefinger auf all ihre Fehler zeigen. Aber nach all den Jahren weiß sie, dass ich ihren Geschichten zuhöre und trotzdem für sie da bin.

Meine Ausdauer bewährte sich, nachdem wir drei Jahre befreundet waren: Ich war die Erste, die sie nach einer tragischen Nacht während unseres ersten Jahres an der Uni anrief. Wir waren buchstäblich Ozeane voneinander entfernt, an unterschiedlichen Unis. Ich war also über ihren Anruf überrascht. Sie war in dieser Nacht massiv von einem Jungen missbraucht worden (und von einem seiner Freunde), den sie in einer Disco getroffen hatte. Während sie am anderen Ende der Leitung weinte, sagte sie, dass sie nicht wusste, warum sie gerade mich angerufen hatte, aber mein Name sei der erste gewesen, der ihr eingefallen sei.

Wir beteten zusammen. Und ich hatte sogar Gelegenheit, ihr von meinen Lieblingsbibelversen zu erzählen.

Wir stehen bis heute in Kontakt. Wir reden über das Leben und über Gott. Partys und Männer sind immer noch Teil ihres Lebens. Aber Gott hat mir gezeigt, dass nur er ihr Herz völlig verändern kann. Meine Aufgabe ist einfach, sie trotz all dem zu lieben, ihr über die Hoffnung in Jesus zu erzählen und zu beten, dass sich etwas in ihrem Leben verändert.

Willst du dir eine Minute Zeit nehmen und für meine Freundin beten? Willst du dir die Zeit, vielleicht sogar Jahre nehmen, um eine Freundin für jemanden wie meine Freundin zu sein?

Danke. Du weißt nie, wessen Leben verändert wird.

JENNA

MAX

Meine Lieblingsgeschichte, die mich an Hananias erinnert, handelt von zwei Studenten, die während ihrer Zeit an der Uni in einer Wohngemeinschaft lebten. Der Hananias der beiden war ein echter Kumpel. Er ertrug die nächtliche Trunkenheit seines Freundes, die Kotzerei um Mitternacht und das ewige Ausschlafen tagsüber. Er beschwerte sich nicht, wenn sein Freund am Wochenende wegblieb oder Zigaretten im Auto rauchte. Er hätte um einen WG-Mitbewohner bitten können, der öfter in die Kirche ging, weniger fluchte und sich noch für etwas anderes als tolle Mädchen interessierte.

Aber er blieb bei seinem persönlichen Saulus und dachte wahrscheinlich, dass etwas Gutes passieren könnte, wenn dieser Typ sein Leben auf die Reihe bekäme. So räumte er immer wieder das Chaos auf, lud seinen Freund zum Gottesdienst ein und achtete auf ihn.

Ich kann mich nicht erinnern, dass der Herr mir in einem strahlenden Licht oder mit lauter Stimme erschien. Ich bin nie auf einer Wüstenstraße nach Damaskus gereist. Aber ich erinnere mich genau, wie Jesus mir den Boden unter den Füßen wegriss und den Lichtschalter umlegte. Es dauerte vier Semester, doch Steves Beispiel und Jesu Botschaft drangen schließlich zu mir durch. Wenn dich also dieses Buch irgendwie inspiriert hat, wenn du jetzt bereit bist loszulegen, bereit, um durchzustarten und etwas zu verändern, dann kannst du Gott für meinen Hananias danken: Steve Green.

MAX

Aber Gott hatte Erbarmen mit mir, damit Jesus Christus mich als leuchtendes Beispiel für seine unendliche Geduld gebrauchen konnte. So bin ich ein Vorbild für alle, die an ihn glauben und das ewige Leben erhalten werden.

1. Timotheus 1,16

Herr, ich urteile viel über Menschen. Es fällt mir schwer, bestimmte Menschen gern zu mögen, von denen ich denke, dass sie deine Liebe nicht verdienen. Aber du sagst, dass *keiner* von uns deine Liebe verdient. Du sagst uns, dass wir *alle* die Erwartungen nicht erfüllen und fehlbar sind. Würdest du mir dabei helfen, meine eigene Fehlbarkeit zu sehen? Würdest du mir helfen zu verstehen, dass ich dich nicht verdiene? Das ist die einzige Art, wie ich die lieben kann, die ich verurteile. Hilf mir, vorbei am Äußeren und mit deinen Augen in ihr Herz zu sehen. Und hilf mir, die Menschen so zu lieben, wie sie sind. Würdest du mir zeigen, wen ich mehr lieben soll? Danke, dass du Jesus geschickt hast, sodass meine Fehler unserer Beziehung nicht im Wege stehen. Ich vertraue dir.

In Jesu Namen, amen.

KAPITEL 12

Wie du jeden Tag etwas positiv verändern kannst

Ich habe den guten Kampf gekämpft, den Lauf vollendet und bin im Glauben treu geblieben.

2. Timotheus 4,7

Du bist bereit anzufangen, oder? Du kannst es kaum erwarten, das Buch zuzuschlagen und dein großes Abenteuer mit Gott zu beginnen?

Was hält dich noch ab?

Gott liebt *dich*.

Du bist seine einzigartige Schöpfung.

Gott will die Welt genau jetzt mit *dir* verändern.

Du hast verstanden, wie er gewöhnliche, einfache »Pizza-Margherita-Leute« gebraucht (und auch einige von uns würzigen Salamis).

Du hast verstanden, wie wichtig es ist, eine echte Verbindung mit Gott zu haben. Du hast von der Macht des Gebets gelesen.

Du hast verstanden, wie *du* mit Gottes Hilfe die Stöpsel von Kopfhörern rausnehmen und den Stecker von Handys rausziehen kannst, sodass du die Bedürfnisse um dich herum *hören* und *wahrnehmen* kannst.

Du hast verstanden, wie Gott jede harte Kruste in deinem Herzen entfernen kann, sodass *du siehst*, was die Menschen um dich herum brauchen.

Du hast verstanden, wie man ein Team zusammenstellt, um *Großes* zu verändern.

Du hast verstanden, wie Gastfreundschaft anderen hilft und dein Herz öffnet.

Du hast angefangen zu verstehen, auf welche Art du helfen kannst.

Jetzt ist es Zeit, aktiv zu werden.

Egal, wie alt du bist, wie wenig Geld du hast, wie deine familiären Umstände sind, ob du viele Pickel im Gesicht hast, dich ungeliebt fühlst oder sonst irgendetwas, mit dem der Satan versucht, dich klein zu halten – du kannst trotzdem den Plan, den Gott für dich hat, verwirklichen und dauerhaft und positiv etwas in der Welt verändern! Und die Welt wartet auf das, was du geben kannst.

Die ersten Christen sollten die gute Nachricht von Jesus folgendermaßen verbreiten:

Erst in ihren Wohnorten,
dann in der näheren Umgebung
und schließlich in der ganzen Welt.

Hast du einen derartigen dreiteiligen Plan? Denk mal darüber nach. Könntest du anderen Jesu Liebe zeigen, indem du zum Beispiel mehr in deiner eigenen Familie oder in deinem engeren Freundeskreis hilfst? Wem in deiner Umgebung (Schule, Gemeinde, Nachbarschaft, Stadt) kannst du einen Dienst erweisen? Und zuletzt: Wohin, glaubst du, könnte Gott dich außerhalb deines gewohnten Terrains führen? Würdest du gern Waisen in Kambodscha helfen? Den Hungernden in Kenia? Den Armen in Bolivien?

Du kannst dir einen dreiteiligen Aktionsplan erstellen, der dir hilft, loszulegen. Hier ist ein Beispiel, was du diese Woche tun könntest:

In meiner Umgebung: Diese Woche möchte ich gern

___

(beten, jeden Tag in der Bibel lesen, die Blätter im Garten meiner alten Nachbarin zusammenharken, meinen kleinen Bruder zum Eis essen mitnehmen).

Im weiteren Umkreis: Diese Woche möchte ich gern

___

(herausfinden, welche Aktionen die Kirchengemeinden und Hilfsdienste in meiner Umgebung anbieten, und schauen, wo ich mitmachen kann).

Weit entfernt: Diese Woche möchte ich gern

___

(mich im Internet über Organisationen wie *World Vision* informieren, die Kindern in anderen Ländern helfen, und ein paar Freunde zusammentrommeln, die mit mir zusammen ein Kind in einem dieser Länder unterstützen).

30-Stunden-Hunger

Eine der beliebtesten Teenager-Programme von »World Vision« ist die 30-Stunden-Hunger-Kampagne, eine weltweite Bewegung von Schülern, denen es ernst damit ist, Gott zu dienen und gegen den Hunger zu kämpfen. 30 Stunden lang leben Jugend- und Schülergruppen, Einzelpersonen und andere Gruppen ohne Essen – um selbst zu erfahren, was mehr als eine Milliarde Menschen jeden Tag durchmachen. Vor dem 30-Stunden-Fasten sammeln die Teilnehmer Spenden, erledigen gemein-

nützige Arbeit, erzählen den Leuten, was sie vorhaben, und lenken die Aufmerksamkeit auf die Bedürfnisse der Armen. Speziell in Deutschland bietet »World Vision« »Peer-up-Jugend-bildet-Zukunft« an. Dabei unterstützt »World Vision« Jugendliche in Deutschland und Österreich dabei, sich für entwicklungspolitische Themen zu engagieren. Mehr Infos unter www.peer-up.de, unter www.30HourFamine.org oder rufe die deutsche Hotline an: 0800/0 10 20 22.
Unter www.worldvision.de/unterstuetzen-ihre-stimme-hilft.php oder www.armut.de findest du weitere Kampagnen.

Hier sind weitere Ideen, wie du etwas positiv verändern kannst. Falls du Geld für eine große Sache sammeln willst, versuch es zum Beispiel mit Folgendem:

- Verkauf ein paar Dinge auf dem Flohmarkt und spende die Einnahmen. Am Ende des Tages kannst du auch das verschenken, was du nicht verkauft hast.
- Biete Hundebesitzern an, dass du mit ihren Hunden Gassi gehst.
- Sammle kaputten Schmuck und verkaufe den Goldanteil.
- Verkaufe Kuchen oder Waffeln.
- Biete Dienste wie Babysitting oder Gartenarbeit an.
- Frage deinen Lehrer, ob du in der Klasse eine Sammelbüchse aufstellen darfst, in welche die Schüler überschüssiges Kleingeld werfen können.
- Verziere gläserne Sammelbehälter mit Bildern für die Sache, für die du sammelst, und frage zum Beispiel in deinem Sportverein, im Getränkeladen, im Supermarkt, beim Friseur, beim Arzt oder anderen Einrichtungen deiner Stadt, ob du den Behälter dort aufstellen darfst. Achte darauf, dass du oder dein Team die Spenden einmal wöchentlich einsammeln könnt.

- Verkaufe Schokoriegel und andere Süßigkeiten in der Nachbarschaft, in der Schule, bei Events deiner Jugendgruppe, im Büro deiner Eltern oder in örtlichen Unternehmen (natürlich nur mit einer Genehmigung).

Wenn du dir immer noch nicht sicher bist, was du tun kannst, um etwas positiv zu verändern, sind hier weitere tolle Ideen aufgelistet:

- Greif deinen Nachbarn unter die Arme, besonders den älteren oder kranken, egal in welcher Jahreszeit. Im Sommer könntest du anbieten, ein- oder zweimal den Rasen zu mähen. Im Herbst könntest du Blätter zusammenharken, im Winter die Pflanzen abdecken oder Schnee schippen. Im Frühling kannst du beim Blumeneinpflanzen oder Unkrautjäten helfen.
- Setz dich heute mindestens eine halbe Stunde mit deiner kleinen Schwester oder deinem kleinen Bruder zusammen und spiele ein Spiel oder male ein Bild mit ihr/ihm aus.
- Bedank dich in Kartenform bei deinen Eltern für alles, was sie für dich tun, und lege die Karten auf ihre Kopfkissen im Schlafzimmer.
- Bedank dich bei deinen Lehrern und Jugendgruppenleitern, dass sie dir helfen, immer mehr dazuzulernen.
- Ernähre dich gesünder und iss mehr Obst und Gemüse.
- Gründe in deiner Nachbarschaft oder in deiner Schule eine Kleingruppe, in der ihr zusammen in der Bibel lest. Lade auch ein paar Freunde dazu ein, biete ein paar Snacks an – und dann legt los. Wählt ein Buch der Bibel aus, das ihr zusammen lesen wollt, und redet darüber, was das Gelesene für euer Leben bedeutet.
- Nimm eine Mülltüte und sammle den Müll in den Straßen deiner Umgebung auf.
- Frag deine Eltern, welche drei Dinge ihr Leben diese Woche einfacher machen würde. Tu sie!

- Jedes Mal, wenn du ein Eincentstück findest, bete für jemanden, der Jesus noch nicht kennt.
- Gib Gott treu mindestens zehn Prozent des Geldes, das du bekommst, zurück. Bitte Gott, dir zu zeigen, wen oder was du mit dem Geld unterstützen sollst.
- Starte ein Gemüsegarten-Projekt in deinem Garten, in der Nachbarschaft, Schule oder Gemeinde. Pflanze Obst und Gemüse, das du armen Menschen schenken kannst.
- Lies Geschichten von anderen Teenagern, die etwas positiv verändert haben. Lerne von ihnen.
- Erkundige dich, wie man eine Pressemitteilung schreibt. Frag deine Eltern, wie man einen Geschäftsanruf macht. Mit diesen Fertigkeiten kannst du Menschen auf professionelle Art kontaktieren und vielleicht dein Anliegen in die Presse bringen.
- Mach ein Interview mit den älteren Mitgliedern deiner Familie. Filme sie dabei, nimm ihre Stimmen mit einem Diktiergerät auf oder mach dir Notizen, sodass du die Geschichte deiner Familie und eures Glaubens weitergeben kannst.
- Erkundige dich bei der *Caritas* oder einem anderen Wohlfahrtsverband danach, ob es obdachlose Kinder in deiner Umgebung gibt, und frage, was sie am nötigsten brauchen. Überlege, was du und deine Freunde tun könnt.
- Du könntest zum Beispiel auch Häuser für Menschen in Not bauen oder renovieren. Ab 18 Jahren (in einer geschlossenen Schülergruppe auch ab einem Alter von 16) kannst du auf *Habitat-for-Humanity*-Baustellen mithelfen. So gibt es zum Beispiel die »Act!-Speak!-Build!-Woche« – das ist eine von Schülern oder Studenten organisierte Woche, in der man dabei hilft, die Wohnverhältnisse von Armen zu verbessern, und aktiv beim Bau oder der Renovierung dabei ist. Das bekannteste Programm von *Habitat for Humanity* in Deutschland heißt »Global Village« oder »Baureise-Programm«. Hier können Jugendliche in ein- oder zweiwöchigen Einsätzen im Ausland dabei helfen, Häuser zu

bauen oder zu renovieren. *Habitat for Humanity Deutschland* arbeitet dabei mit Schulen, Kirchen, Sportvereinen oder Unternehmen zusammen und sendet geschlossene Teams aus. Ihr könnt einfach selbst so eine Gruppe zusammenstellen und euch anmelden. Viele Schulteams fahren zum Beispiel in osteuropäische Länder wie Rumänien, Polen, Ungarn und Mazedonien. Aber auch in Portugal kann man helfen. Du kannst auch als Privatperson auf eine Baureise gehen oder einfach Geld für ein bestimmtes Projekt oder Land sammeln. Für mehr Infos klick auf www.hfhd.de oder www.hfhd.de/freiwillige.html oder rufe im deutschen Büro an: 0221 / 5795950.

Jetzt ergänze deine eigenen Ideen! Die Möglichkeiten sind grenzenlos. Gott hat dich nicht nur mit Fantasie ausgestattet und mit einem Körper samt Händen und Füßen, mit denen du anpacken kannst, sondern auch mit einem blühenden Vorstellungsvermögen und ganz viel Grips. Was möchtest du ihm davon zurückgeben?

JENNA

Wenn du dieses Buch beiseitelegst und eine Liste von Menschen erstellst, denen man helfen könnte, wenn du Pläne entwickelst, wie du Geld sammeln und in deinem Wohnort etwas positiv verändern kannst, dann ist das gut. Aber darauf allein zielt das Buch nicht ab. Wenn du dieses Buch beiseitelegst und eine Liste von Menschen erstellst, denen man helfen könnte, wenn du Pläne entwickelst, wie du Geld sammeln und in deinem Wohnort etwas positiv verändern kannst *und* das auch alles in die Tat umsetzt, dann ist das gut, *aber* darauf allein zielt das Buch nicht ab.

Du kannst eine Liste nach der anderen machen, gute Taten tun, nett zu deinen Eltern sein und sogar mit zwölf Jahren ein erfolgreiches Hilfsprogramm starten, das Millionen von Kindern auf der

Welt ernährt, und du kannst dein Leben trotzdem als leer empfinden, dich nach mehr sehnen und dabei das Hauptziel des Buches oder sogar des Lebens übersehen.

Okay, Jenna, also was ist nun das Hauptziel?

Ich bin froh, dass du fragst.

> Wenn ich in den Sprachen der Welt oder mit Engelszungen reden könnte, aber keine Liebe hätte, wäre mein Reden nur sinnloser Lärm wie ein dröhnender Gong oder eine klingende Schelle. Wenn ich die Gabe der Prophetie hätte und wüsste alle Geheimnisse und hätte jede Erkenntnis und wenn ich einen Glauben hätte, der Berge versetzen könnte, aber keine Liebe hätte, so wäre ich nichts. Wenn ich alles, was ich besitze, den Armen geben und sogar meinen Körper opfern würde, damit ich geehrt würde, aber keine Liebe hätte, wäre alles wertlos (1. Korinther 13,1–3).

Paulus macht es deutlich. Wenn deine Hauptabsicht darin besteht, die Welt zu verändern, dann mach dich auf ein leeres Herz gefasst. Aber wenn es dein erstes Anliegen ist – noch vor *allem anderen* – zu lieben, dann mach dich bereit, über dein Leben hinauszuleben! Wir können nur lieben – ich meine *wirklich* lieben –, wenn wir mit dem Schöpfer der Liebe Zeit verbringen: mit Jesus Christus. Wir können nicht aus uns selbst heraus lieben.

> Wir wollen lieben, weil er uns zuerst geliebt hat (1. Johannes 4,19).

Weil er dir am Kreuz vergeben hat, kannst du anderen vergeben. Weil er den Tod besiegt hat, kannst du für immer leben. Weil er lebt, kannst du wahres Leben in einer Beziehung mit ihm erleben. Weil er liebt, kannst du lieben.

Hast du diese Liebe schon erfahren? Wirklich? Diese Liebe verändert Herzen, verändert Leben, verändert die Welt. Du kannst die

Welt nur durch die Liebe Jesu, die Herzen verwandelt, verändern.

Also verbringe Zeit mit Jesus. Bitte ihn, dich zu verändern. Bitte ihn, durch dich zu lieben. Dann … *dann* … kannst du den Unterschied ausmachen, für den dich Gott geschaffen hat.

Wir feuern dich an.
Wir sind von dir begeistert.
Und wir können es nicht abwarten zu erfahren,
was du tun wirst.

DU wurdest geschaffen,
um mal richtig die Welt zu retten.

JENNA

Beliebige gute Taten

Schreibe hier auf, was dir einfällt.

Für welche guten Taten könntest du geboren sein?

Tu öfter eine BGT (eine beliebige gute Tat).

Sammle Essen für die städtische Tafel.

Trommle eine Gruppe zusammen und stellt euch für ehrenamtliche Dienste bei gemeinnützigen und kirchlichen Veranstaltungen zur Verfügung.

Bitte deinen Rektor um Erlaubnis, vor der Schülerschaft über eine Angelegenheit zu sprechen, zu der jeder einen positiven Beitrag leisten kann.

Wie kannst du auf deine Art anderen helfen?

Bereite das Frühstück oder Abendbrot für deine Familie vor.

Hilf einem Freund, die Einkäufe auszupacken.

Hilf einem Nachbarn, Unkraut zu jäten.

Schenk den Menschen, die du triffst, ein Lächeln.

Wie willst du die Welt verändern?

Sammle Teddybären und andere neue Stofftiere für Kinder in Notunter-künften in deiner Stadt.

LADE DEINEN BRUDER ODER DEINE SCHWESTER INS KINO EIN. EINFACH SO.

Halte jemandem die Tür auf.

Biete deinen Nachbarn an, die Blumen zu gießen und die Post aus dem Briefkasten zu holen, wenn sie das nächste Mal im Urlaub sind.

Anmerkungen

1 Foto: © Jon Warren / World Vision 2010.

2 Foto: © Jon Warren / World Vision 2010.

3 UNICEF. »The State of the World's Children 2009: Maternal and Newborn Health«. 28. März 2012. www.unicef.org/sowc09/report/report.php.

4 Ronald J. Sider. Rich Christians in an Age of Hunger: Moving from Affluence to Generosity. Nashville: Thomas Nelson, 2005, S. 10.

5 A. a. O., S. 35.

6 Anup Shah. »Today, Over 25,000 Children Died Around the World«. Global Issues. 28. März 2012. www.globalissues.org/article/715/today-over-25000-children-died-around-the-world.

7 Telefoninterview mit Austin Gutwein, 28. Februar 2010.

8 »Portio Research Mobile Factbook 2009«. 19. März 2012. http://portioresearch.com.

9 »Global mobile statistics 2012: all quality mobile marketing research, mobile Web stats, subscribers, ad revenue, usage, trends«. 26. März 2012. http://mobithinking.com/mobile-marketing-tools/latest-mobile-stats#subscribers.

10 »Anzahl der Mobilfunkanschlüsse in Deutschland von 1990 bis 2011 (in Millionen)«. 15. Mai 2012. http://de.statista.com/statistik/daten/studie/3907/umfrage/mobilfunkanschluesse-in-deutschland.

11 Abdruck mit freundlicher Genehmigung: Jugend für Christus e. V. – Project Serve, www.projectserve.de.

12 E-Mail-Interview mit Emily Richards, 7. März 2010.

13 Hilary Le Cornu mit Joseph Shulam. A Commentary on the Jewish Roots of Acts. Jerusalem: Netivyah Bible Instruction Ministry, 2003, S. 144.

14 Michaela Kast / Karin Beckendorff-Dierberger / Klaus Göttler. Explore: Entdecke deine Berufung. Bd. 1: Persönlichkeit, Fähigkeiten, Gaben und Werte. Kassel: Born-Verlag, 2004; Klaus Göttler / Thorsten Riewesell. Explore: Entdecke deine Berufung. Bd. 2: Gaben erkennen und trainieren. Kassel: Born-Verlag, 2004; Pur: Lernen. Entdeck deine Talente! Marienheide: Bibellesebund 2011; Joachim Bär. Meine Berufung: Gottes Traum für mein Leben. Witten: SCM R.Brockhaus, 2011; Christian A. Schwarz. Die 3 Farben deiner Gaben: Wie jeder Christ seine geistlichen Gaben entdecken und entfalten kann. Glashütten: C & P Verlags-GmbH 92001.

15 Telefon-Interview mit Leeland Mooring, 8. März 2010.

16 Bearbeitete Fassung des Berichts »Staffelsee-Gymnasium Murnau. Geschichte einer Begeisterung«, www.haitikinderhilfe.de.

17 Bill Gates Sr. mit Mary Ann Mackin. Showing up for Life: Thoughts on the Gifts of a Lifetime. New York: Broadway Books, 2009, S. 155.

18 United Nations Development Programme. Human Development Report 2007/2008: »Fighting Climate Change: Human Solidarity in a Divided World«, 2007, 25. 18. März 2012. http://hdr.undp.org/en/reports/global/hdr2007-2008/chapters.

19 The Expositor's Bible Commentary with the New International Version of the Holy Bible. Bd. 2. Grand Rapids: Zondervan, 1990, S. 633-635.

20 Foto: © Jon Warren / World Vision 2010.

21 Richard Stearns. The Hole in Our Gospel. Nashville: Thomas Nelson, 2008, S. 11.

22 Telefoninterview mit Zach Hunter, 5. März 2010.

23 Seit 1926 Feierbewegung schwarzer Geschichte in den Vereinigten Staaten. Die Öffentlichkeit soll an diesem Tag auf den Beitrag aufmerksam gemacht werden, den Afroamerikaner zur Geschichte des Landes geleistet haben.

24 United Nations World Food Programme. »WFP Facts Blast December 2009«. 27. Febr. 2012. http://home.wfp.org/stellent/groups/public/documents/communications/wfp187701 ~ 20.pdf.

25 Anup Shah. »Today, Over 25 000 Children Died Around the World«. Global Issues. 27. Febr. 2012. www.globalissues.org/article/715/today-over-25000-children-died-around-the-world.

26 Foto: © Jon Warren / World Vision 2010.

27 »Häufigkeitsverteilung des Fernsehkonsums an Schultagen von Jungen nach Alter, Wohlstand und Migrationshintergrund im Jahr 2010«. 18. Mai 2012. http://de.statista.com/statistik/daten/studie/218699/umfrage/fernsehkonsum-bei-jungen-nach-alter-wohlstand-und-migrationshintergrund.

28 Dialog Consult / VATM: »13. gemeinsame TK-Marktanalyse 2011. Ergebnisse einer Befragung der Mitgliedsunternehmen im Verband der Anbieter von Telekommunikations- und Mehrwertdiensten e.V. im dritten Quartal 2011«. 18. Mai 2012. www.vatm.de/uploads/media/TK-Marktstudie_2011.pdf.

29 Holzgerlingen: SCM Hänssler 42009.

30 Gießen: Brunnen Verlag 192008.

31 Nicht ohne meine Familie. 18. Mai 2012. www.shell.de/home/content/deu/aboutshell/our_commitment/shell_youth_study/2010/family.

32 Opportunity International Deutschland, www.oid.org.

33 Ki Mae Heussner. »Teen Gets Carpal Tunnel from Texting”. 13. März 2012. http://abcnews.go.com/Technology/teen-carpal-tunnel-texting/story?id=10146773#UCDf36AdDGg.

34 U. S. Bureau of the Census. »Poverty, 2007 and 2008«; American Community Surveys, 2. 13. März 2002. www.census.gov/prod/2009pubs/acsbr08-1.pdf.

35 Mark Nord / Margaret Andrews / Steven Carlson. »Household Food Security in the United States 2008. United States Department of Agriculture, iii«. 13. März 2012. www.ers.usda.gov/Publications/ERR83/ERR83.pdf.

36 National and Community Service. »White House, USDA, National Service Agency, Launch Targeted Initiative to Address Hunger«. 18. März 2012. www.nationalservice.gov/about/newsroom/releases_detail.asp?tbl_pr_id=1579.

37 Ein Lineman muss beim Football Spieler der gegnerischen Mannschaft blocken.

38 Rick Reilly. »There Are Some Games in Which Cheering for the Other Side Feels Better Than Winning«. Life of Reilly. 14. März 2012. http://sports.espn.go.com/espnmag/story?section=magazine&id=3789373.

39 Hilary Le Cornu mit Joseph Shulam. A Commentary on the Jewish Roots of Acts. Jerusalem: Netivyah Bible Instruction Ministry, 2003, S. 403.

40 Asslar: Gerth Medien, 2009.

41 Telefoninterview mit Alex Harris, 3. März 2010.

42 Alex & Brett Harris. Yes You Can. Mach mit bei der Rebelution und verändere deine Welt. Asslar: Gerth Medien, 2009;
Alex & Brett Harris mit Elisa Stanford. Start. Wie du deine Welt verändern und Hoffnung bringen kannst. Asslar: Gerth Medien, 2011.

Martina Steinkühler

Das Inselcamp

Klappenbroschur, 13,5 x 20,5 cm, 160 S.
Nr. 395.402, ISBN 978-3-7751-5402-4

Zwölf Jugendliche stehen vor einem großen Problem: Diakon Jott will die Konfirmation ausfallen lassen. Die einzige Chance ihn umzustimmen: zwei Wochen auf einer Nordseeinsel. Zwei Wochen voller Zumutungen und Herausforderungen. Zwei Wochen, die alles verändern.

Katie Davis, Beth Clark

Katie
Leben für Ugandas Kinder

Paperback, 13,5 x 20,5 cm, 288 S.
Nr. 395.415, ISBN 978-3-7751-5415-4

Sie gibt ihr komfortables Leben auf, ihre Collegepläne und ihre große Liebe: Die Highschool-Absolventin Katie Davis geht nach Afrika. In Uganda wird sie Mutter für verwaiste Kinder und engagiert sich für die Ärmsten. Eine herausfordernde Biografie über Mut und Veränderung.

Bitte fragen Sie in Ihrer Buchhandlung nach diesen Büchern!
Oder schreiben Sie an: SCM Hänssler, D-71087 Holzgerlingen;
E-Mail: info@scm-haenssler.de; Internet: www.scm-haenssler.de